Herstellung und Verlag:
BoD - Books on Demand, Norderstedt
ISBN 978-3-8482-0203-4

11

Das Zahlwort *elf*, noch bis ins 19. Jahrhundert *eilf*, stammt vom althochdeutschen Wort *einlif* ab, gebildet aus den Wurzeln *ein* (eins) und *lif* (übrig) (vgl. englisch "left"). Es bedeutet also ungefähr „Rest eins". Es beschreibt den Rest, der bleibt, wenn man von elf (mit den Fingern) zehn abgezählt hat. Eine ähnliche Bildung gibt es im Litauischen: Die Zahlen elf bis neunzehn werden dort mit der Endung *-lika* gebildet, die zur Familie des Wortes *leihen - (über)lassen* gehört.
Die Elfmänner im antiken Athen hatten die Aufsicht über das Gefängniswesen und überwachten den Vollzug der Todesstrafe. Im 19. Jahrhundert wurde die Elf zur Zahl des rheinischen Karnevals. Den Prunksitzungen sitzt ein Elferrat vor, der Karnevalsbeginn wird in neuerer Zeit am 11.11. um 11.11 Uhr begangen. Dies soll sich aus dem abgekürzten Wahlspruch der Französischen Revolution „*Egalité, Liberté, Fraternité*" abgeleitet haben. Es mag jedoch zusätzlich eine Parodie auf häufig zehn- oder zwölfköpfige Gremien sein.
Die Elf ist die kleinste Schnapszahl.
Der Elfmeter im Fußballspiel rührt von den ursprünglich in angelsächsischen Maßen definierten Abmessungen des Spielfelds her. Exakt handelt es sich um 10,9728 m, also 12 yards.
Seit 1870 bestehen Fußballmannschaften regelmäßig aus elf Spielern, daher das Synonym *Elf* für Fußballmannschaft.
11 kann symbolisch auch für den islamischen Ausdruck Allahu Akbar (*Gott ist groß*) stehen. Elf = römisch XI
Elf, maskulin, keltische und germanische Märchen- und Sagengestalt; Naturgeister mit guter oder schlechter Gesinnung, *Fantasy:* menschenähnliche Wesen eher guter Gesinnung
Die 11 geht einen Schritt über die vollkommene Zehn hinaus, zur nächsten Vollzahl, der Zwölf, fehlt ihr ein Schritt. Die 11 markiert mithin einen Ausbruch aus einem geschlossenen System.
Die 11 gilt in moderner Numerologie als 1. Meisterzahl. Sie ist Summe aus der Eins, der Zahl der Schöpfung und des Willens, und der Zehn, der Zahl des Durchbruchs. Alle Produkte der 11 (22, 33, 44...) gelten als Meisterzahlen. Gleichgewicht und Kraft.

Elf Geschichten über Menschen, die sich aus unterschiedlichsten Motiven für ein Seminar angemeldet haben. Das Seminar von Greg
Lundarski geleitet, dem besonderen Trainer und Hohepriester der Sonne. Die Teilnehmenden ahnen davon nichts, auch nicht, dass Gregs Widersacher Rudolf von Walterskirchen, der Graf der Finsternis sein Kommen angekündigt hat. Als zwölfter Teilnehmender.

Greg Lundarski – der besondere Trainer und Hohepriester

Es war an diesem Tag an dem die Sonne sich kurz hinter der großen dunkelblauen Wolke verkroch und das Gitternetz rund um unsere Erde für einen Augenblick durchlässig war.

Das war notwendig um den Dingen ihren Lauf zu lassen und das Geschöpf zum irdischen Leben zu erwecken. Tief unten auf der Erde ertönte ein lauter, durch dringlicher Schrei. Mitten in Polen war er geboren. Und niemals in seinem Leben würde seine Erinnerung weiter zurück reichen als bis zu seinem fünften Lebensjahr. Damals begann er zu schreiben.

Das Wort zu verbreiten sollte seine primäre Aufgabe in diesem irdischen Leben werden. In Worten und Schriften dem Frieden gereichend. Wo immer er hinkam, schien sich Licht über die Szene zu legen. Er brachte etwas mit, das die Menschen bezauberte, ohne dass jemand sagen hätte können, was genau es war. Später in seinen Jugendjahren bescherte ihm das die eine oder andere Mädchenbekanntschaft. Greg enttäuschte sie alle. Er sog sie auf wie die Bienen den Nektar und ließ sie dann stehen. Seine liebevollen Abschiede trösteten kaum und doch konnte er gar nicht anders als weiterzuziehen. Er ahnte nichts von der Tiefe der Bindung, war auf der Welt, um Segen zu bringen. Fühlte tief und konnte dennoch immer wieder weitergehen. Frei wie die Sonne am Himmel. Als Mann war er sich dessen bewusster und doch half es nichts. Er hätte jede haben können und guckte sich nur die beseelten aus.

Um sie besser zurücklassen zu können. Reicher und freier als zuvor. Und damit auch schon genug der Beziehungen in seinem Leben. Längst war ihm seine Arbeit wichtiger geworden. Das Wort und seine Wirksamkeit hochzuhalten und sich und seine Schülerinnen von all dem Geschwätz und Gejammer der Gegenwart zu distanzieren.

Sie vorzubereiten auf eine neue Dimension, in der sie sonst kläglich zugrunde gehen würden. Erstickt an Werbespots und Klingeltönen. Ermattet und verbraucht durch falsche Liebesschwüre und Kurzmitteilungen. Eines Tages schrieb er sein erstes Seminardesign. Auf einer Bank im großen Hyde Park. Wahrscheinlich brauchte es die Insel für diese Erkenntnis. Es braucht Struktur, um Veränderung zu bewirken!

Dort, wo Greg herkam war das Wissen und punkt. Doch hierzulande würde ihn niemand ernst nehmen, wenn er nicht über eine gesellschaftstaugliche Verpackung verfügte. Ein Seminar, das war es. Dann würden sie alle freiwillig kommen und sogar noch dafür bezahlen. Am nächsten Tag fuhr er mit dem Schiff zurück nach Europa. Das Konto für seine Einnahmen eröffnete er in der Schweiz – lange bevor er das Institut offiziell gründete. Greg brauchte nicht viel zum Leben. Jeden Platz, den er besuchte machte er in wenigen Minuten zu seinem eigenen. Jede Wohnung und jedes Haus flutete er mit seiner Vorstellung davon und schon konnte er darinnen leben. Auch das war eine Besonderheit, die er erst spät als Unterschied erkannte. Vieles von dem, was er in seinen Seminaren weitergab, war für ihn seit jeher klar. Für seine Teilnehmerinnen öffnete es Türen in bislang unbekannte Welten. Zurück zu seinem Institut, schlicht **S u N** hatte er es genannt. **S**elbst **u**nd **N**eu fügte er auf Anraten der Presse hinzu. Was hätte die Gesellschaft schon mit dem Wort SONNE anfangen sollen, wenn es um Weiterbildung geht.

Und kaum waren die drei Buchstaben markttauglich, fand sich noch jede Menge an Assoziationen dazu.

Sieg und Niederlage

Selbstbewusstsein und Nachhaltigkeit

Suppe und Nudeln

Greg beschäftigte sich nicht damit. Seine Botschaft war klar.

Die Interpretationen überließ er den anderen.

Die Teilnehmer

Fünf Frauen und sieben Männer waren diesmal angemeldet.

Einer der Männer war Greg gut bekannt. Es war *Rudolf von Walterskirchen.* Für jeden der anderen hatte Greg nur eine Vermutung. Denn jedes Mal wenn er einen Namen las, entstand in ihm sofort ein Bild für die Person. Oft auch noch der Klang dessen Stimme oder der Geruch dessen Haut.

Das war schon seit seiner Kindheit so, deswegen wunderte es ihn nicht, im Gegenteil, er war der Meinung jeder Mensch verfügte über diese Eigenschaft.

Deswegen sprach er auch nicht darüber. Er nahm sich die Namensliste vor und ging an das Kennenlernen der Teilnehmenden.

Dr. Helmuth Biegler – das vornehme Helmuth passte so gar nicht zum leutseligen Biegler und das Gefühl für diesen Mann war fast ein … modriges. Etwas schien mit der Anmeldung nicht zu stimmen. Weiter zum nächsten Namen.

Christa Bruckner

Von ihr ging eine ganz besondere Jugendlichkeit aus, ein Zauber fast, der sie umhüllte. Greg lächelte, das besondere an seiner Wahrnehmung hatte ihn schon oft in die Irre geführt, was das Alter der Person betraf. Oft fanden sich unter den jugendlichsten Energien ältere Menschen und umgekehrt. Deswegen beschwichtigte er sich selbst, nicht auf eine schöne junge Frau zu hoffen.

Andreas Krämer

Eine Traurigkeit umgab diesen Namen. Gemischt mit vergangener Mutlosigkeit und doch mit einem Ansatz an Hoffnung. Greg fühlte, dass dieser Mann wohl als einer der ersten seine Geschichte loswerden musste. Er würde ihm die Gelegenheit geben.

Gerhard Glockner

Interessanterweise kam seine Anmeldung von einer griechischen Mailadresse. Sie duftete nahezu nach dem Geruch von Meeressalz und Oregano. Das machte Greg neugierig, ebenso wie die viel zu früh entrichtete Seminargebühr. Gerhard wollte unbedingt dabei sein. Fast wie auf der Flucht.

DI Veronika Schuster

Sie war bestimmt jung. Die Wortwahl ihrer Mail ergänzte Gregs Wahrnehmung von einer jungen Elfe. Aus welchem Grund kam sie ins Seminar? Die Antwort stellte sich flugs ein, es war wohl wegen ihrer besonderen Gabe.

Mag. Anna-Maria Bernsteiner

Und darunter in kleinen Lettern „Kleinkindpädagogin". Mit dieser Bezeichnung konnte Greg nichts anfangen. Er schloss kurz die Augen. Ein Bild stellte sich ein. Anna-Maria selbst als kleines Kind. Alleine auf einem Hohlweg stehend. Ihr einziger Kontakt der Hund an der Kette. Zu dem traute sie sich nicht. Greg konnte die Einsamkeit förmlich spüren.

Er atmete durch und öffnete die Augen. Das reichte vorerst. Ein Stück kindlicher Neugierde wollte er sich für Anna-Maria behalten.

Franz Watzka

Die Anmeldedaten waren auf den Folder mehr gekritzelt, denn geschrieben. Franz war wohl von einfacher Herkunft. Am untersten Ende war eine kleine handgezeichnete Rose zu sehen. Daneben ein Pfeil und der Zusatz – so heißt meine Frau, sie hat mich zu Ihnen geschickt – und ein lachendes Smiley. Franz war bestimmt ein ganz besonderer Mensch.

Christian Berghammer M.A.

Das M.A. hinter dem Namen trat stärker hervor. Christian Berghammer hatte einen Namensstempel verwendet, der seinem Titel gerecht wurde.

Die übrige Anmeldung war mit Füllfeder ausgefüllt, deswegen war sie auch in einem Kuvert angekommen. Dieses wiederum mit einem Stempel als Absender, der schon fast einem Siegel glich. Greg spürte die Anspannung des Absenders, das Streben nach Ansehen und Perfektion. Er nahm einen Schluck Tee und einen zweiten Anlauf das Formular zu lesen. Der echte Christian Berghammer war kaum zu erkennen.

Dr. Irene Schmidt

Eine Sachlichkeit umgab ihren Namen. Der zweite Impuls war das Innere eines Vulkans, dessen Ausbruch sich anbahnte. Greg legte seine Hände an dieser Stelle über das Papier. Leichter, weißer Dampf stieg auf. Gut, dass diese Frau in sein Seminar kommen wollte. Es war höchste Zeit.

Bea Wallner

Das geblümte Briefpapier und die vielen Worte und Hinweise auf Weiterbildungen vernebelten Greg den Blick. Er schaute ein zweites Mal mit geschlossenen Augen und sah ein kümmerliches Häufchen Mensch, aufgetakelt gleich einem Zirkuspferd. Jedes Mal wieder fand sich eine derartige Person in einem seiner Seminare. Offensichtlich hatte er daraus noch zu lernen. Seufzend las er weiter.

Bernhard Rausch

Wohl jeder andere hätte den Namen sofort erkannt. Bernhard Rausch war einer der bekanntesten Trainer im Umkreis. Ein Kollege sozusagen.

Für Greg bedeutete das nichts. Er spürte die Energie eines jungen Rennpferdes, das ausgepowert am Limit lief. Bernhard erschien ihm weit weg von der gesunden Form, die seine Performance brauchte. Gut, dass er bald ins Seminar kam, lange konnte das so nicht mehr weitergehen.

Dr. Helmuth Biegler „Akira"

Christa Bruckner „Die hellblauen Pillen"

Andreas Krämer „Die verschwundene Brosche"

Gerhard Glockner „Der Libellenflügel"

DI Veronika Schuster „Dunkelbraune Fensterläden"

Mag. Anna-Maria Bernsteiner „Tante Anni"

Franz Watzka „Eine ganz normale Familie"

Christian Berghammer M.A „Bunte Blumen"

Dr. Irene Schmidt „Das Geburtstagskind"

Bea Wallner „Zuviel und Zuwenig"

Bernhard Rausch „Unter uns"

Akira
Dr. Helmuth Biegler

„Akira, komm herein, Akira, komm!", die Stimme des Kindes klang hell und klar durch den Abend. Das Haus am Rand des Dorfes verfügte über einen riesigen Garten. Jedoch ganz hinten im Zaun war ein großes Loch, durch das die junge Schäferhündin immer wieder mal entwischte. Doch wo immer sie sich herumtrieb, nie hörte die Familie Schlechtes oder Schlimmes über sie. Sie erfreute die Umgebung und kehrte stets vor Einbruch der Dunkelheit zurück.

Um dem Rufen des Buben Folge zu leisten schlüpfte sie kurz vorher in den Garten zurück und erfreute sich am herrlich hohen Gras in der biologischen Ecke der Grünanlage. „Akira, jetzt komm doch! Wo bist du nur?" „Ach, Martin, sie wird schon kommen, bestimmt ist sie wieder beim Bauernhof gewesen, um mit ihrer Schwester zu spielen." Die Mutter blieb ganz gelassen. Martin hingegen spürte eine Unruhe in seinem kleinen Körper, die ihm so gar nicht behagte.

„Akira!!!" schrie er fast panisch und rannte in den Garten hinaus. Weit und breit war nichts zu sehen. Akira blieb verschwunden. „Vielleicht hat sie sich einfach verliebt", mutmaßte der Vater. „Martin, früher als die Hunde noch nicht hinter Schloss und Riegel gesperrt waren und an Leine und Beißkorb gebunden, also als es so ähnlich war, wie wir das hier heute noch versuchen, da war es ganz normal, dass eine junge Hündin einmal für eine Nacht wegblieb.

„Bitte mach dir keine Sorgen." Leicht gesagt war das wohl und dennoch bemerkte der Vater das klopfende Herz des Kleinen.

„Ich bringe dich ins Bett und du schläfst ganz schnell ein und morgen früh, du wirst sehen, morgen früh ist Akira schon wieder da und weckt dich auf." Er war überzeugt davon, dass es so sein würde und sein Vertrauen übertrug sich auf den Buben. Bald schlief er ein.

Die Eltern öffneten noch eine Flasche Wein und nickten sich zu. Bestimmt würde Akira morgen wieder bei ihnen sein. Kurz bevor die beiden auch zu Bett gehen wollten, kratzte die Hündin an der Tür. Freudig öffnete die Mutter die Tür und erschrak. Akira war schmutzig und stank bestialisch. Ihr weiches Fell war klebrig und zerzaust. Die Hündin stupste die Frau mit ihrer feuchten Schnauze und begann zu bellen. Immer wieder warf sie den Kopf nach hinten und bellte. „Komm mit", sollte das wohl bedeuten.

„Was ist denn…" – der Vater kam hinzu und wollte Akira beruhigen. „Martin schläft, was machst du denn für einen …". Doch auch ihm blieb die Sprache weg, als ihm der Geruch in die Nase stieg.

Akira roch nach Urin und etwas Fauligem, Süßlichem, Abstoßendem. Akira bellte unaufhörlich und so beschloss er, ihrer Aufforderung zu folgen. „Ich schau mir das an, was sie da wohl meint", sagte er, zog sich seine Jacke über und Schuhe an. „Vielleicht hat sie ja ein Tier gefunden oder so, ich rufe den Toni an, dass er mit mir kommt."

Anton Baumgartner war der hiesige Förster und noch dazu ein guter Freund der Steinwendners. Er war stets lange wach und nicht besonders verwundert über den Anruf seines Freundes. „Servus Hubert, schön dich zu hören, was liegt denn an?" Die Geschichte von Akiras Auftritt war schnell erzählt und so dauerte es gar nicht lang, bis Anton vor der Türe stand. Hubert und Akira warteten im Vorgarten.

Sie hatte aufgehört zu bellen und war still und aufmerksam. Sie spürte wohl, dass es nun um sie ging und dass alle verstanden hatten. Kaum war Anton eingetroffen, zog sie an der nunmehr angelegten Leine und sprintete los.

Einige Straßen weiter kurz vor der Villa blieb sie unvermittelt stehen und fing von Neuem an zu bellen. Die beiden Männer blickten sich verwundert an und warteten ab. Es schien, Akira hätte neuen Mut getankt, um dann wieder loszustarten. Direkt auf das große weiße Haus zu.

Hier wohnte der erfolgreiche Topmanager der mächtigen internationalen Bank. Hubert und Anton hatten mit ihm immer nur dann zu tun, wenn es um Jagdrechte oder die Gartengestaltung ging. Und es handelte sich um einen wahrlich großen Garten. Die Steinwendners betrieben die kleine Gärtnerei im Ort. Hubert hatte sie von seinem Großvater übernommen. Der Vater war früh gestorben.

Nun zog Akira die beiden Männer direkt auf den hinteren Garteneingang zu. Dort war die weißgestrichene Holztüre weit offen und sie konnten ungehindert eintreten. „Komisch, der Dr. Biegler macht doch immer alles zu, der hat doch so eine Angst vor Einbrechern und Dieben" – sie hatten beide diesen Satz im Kopf, doch keiner sagte ihn - zu merkwürdig war die Tatsache an und für sich.

Auch dass sie sich über die Hintertür auf das Grundstück schlichen. Wobei schlichen zu viel gesagt war, sie hatten Mühe mit Akira Schritt zu halten und liefen nahezu, was bei ihrem Körpergewicht ziemliches Getöse verursachte.

Bald erreichten sie die Hinterseite des Hauses und auch dort stand die Kellertüre offen. Nur einen Spalt zwar, doch sie konnten ungehindert hineingehen. Ab und zu wechselten sie einen Blick, doch sie sprachen nicht und gingen wie selbstverständlich weiter. Wie zwei Verbündete. So wie sie es als Buben schon im Kirschgarten gemacht hatten. Mit demselben Gefühl des Verbotenen oder Geheimen. Ganz sicher, das Richtige zu tun. Sie stiegen die Treppe hinauf und ihnen stieg der süßliche und faulige Geruch in die Nase, den Akira mit nach Hause gebracht hatte. „Hubert, da ist etwas passiert", sagte Anton schließlich. Diesen Geruch kenne ich. Ich rufe auf der Wachstube an. Alleine gehen wir hier nicht mehr weiter.

So dachten sie, doch Akira zog an der Leine und so folgten sie ihrer Neugierde und betraten die Vorhalle des Hauses. Es war tatsächlich ein Halle dort wo andere ein enges Vorzimmer hatten. Bis hierher waren sie schon öfter gelangt, wenn sie mit Dr. Biegler zu tun hatten. Sie kannten die kleine Biedermeiersitzgarnitur und die Leuchte an der Decke.

Was hinter den vielen Türen steckte, wussten sie nicht. Hubert hielt Akira ganz fest und beruhigte sie. „Brav, mein Mädchen, brav, " murmelte er. Als die beiden Polizisten eintrafen, fanden sie die zwei Männer und die Hündin immer noch in der Vorhalle.

„Gut, dass ihr uns gerufen habt. Es reicht schon, dass ihr hereingegangen seid", sagte der eine. Und der andere fügte mit einem Seitenblick auf Akira hinzu: „Na wahrscheinlich habt ihr Akira holen wollen, gell?". Somit war alles gesagt und die vier Männer konnten nun ihren eigenen Nasen folgen.

Sie nahmen die Treppe in den ersten Stock und betraten ein großes Zimmer, das vollkommen leer war. Die Polizisten hatten Handschuhe angelegt und die beiden anderen Männer darauf hingewiesen, nichts und niemanden zu berühren. Auch die nächsten vier Türen führten in Räume, in denen wohl schon lange niemand mehr gewesen war. Wie auch, es fehlten die Möbel.

Weiter trieb es die Männer in den zweiten Stock und dort oben war gleich die erste Türe die richtige. Der eine Polizist betätigte den Lichtschalter. Es wurde nur unmerklich heller, die Glühbirne, die an der Decke befestigt war, gab nicht allzu viel Licht. Der Boden war übersät von Kartons und Dosen und Tragetaschen aus Kunststoff, der Teppich darunter war kaum zu erkennen. Der Geruch wurde nahezu unerträglich und so öffnete einer der Polizisten das Fenster. Die klare Nachtluft half den Männern.

Im hinteren Teil des Zimmers konnten sie in Umrissen ein Bett erkennen. Und dann sahen sie, was Akira so durcheinandergebracht hatte. Die Hündin schmiegte sich dicht an Hubert und begann erneut zu bellen. Dr. Biegler lag leblos auf dem Bett. Er hatte eine karierte kurze Hose an, die beißend nach Urin roch und ein T-Shirt, das wohl ehemals weiß gewesen sein musste. Sein linker Arm hing zu Boden und die Einsamkeit, die ihn umgab war körperlich für alle spürbar.

Die Matratze war unbezogen und der Kopf des Mannes lag auf einem zerschlissenen Zierpolster, der wohl ehemals zu einer Wohnlandlandschaft gehört haben musste. Die Decke, die zu seinen Füssen zusammengeschoben war, war ein billiges Plaid aus einem der großen Möbelhäuser. Ruhig lag er da und in seinem Gesicht war etwas wie Frieden. Wie lange er wohl schon tot war, würde die Obduktion zeigen, die die Polizisten ankündigten. Bei einem Manne solchen Reichtums und solcher Angesehenheit im Dorfe mehr als eine Routineangelegenheit.

Der Doktor, den sie beim ersten Anblick der Leiche angerufen hatten, traf ein und stellte urkundlich den Tod fest. „Sieht mir nach Herzversagen aus", konstatierte er um dann noch hinzuzufügen: „Komisch, das Innere dieses Hauses habe ich mir immer ganz anders vorgestellt." Mit diesen Worten zog er von dannen und Hubert und Anton taten es ihm gleich.

Die Polizisten warteten auf die Spurensicherer und hatten zuvor die Fingerabdrücke der beiden Männer und ein Haar von Akira abgenommen. „Wir melden uns sicher noch einmal bei euch, danke für den Hinweis!"

Schweigend marschierten Hubert und Anton zurück. Bevor der Förster beim Haus der Steinwendners in sein Auto stieg, tätschelte er Akira liebevoll und blickte seinem Freund tief in die Augen.

„Weißt du Hubert, irgendwie ist das schon seltsam. Dieses leere Haus…" Die Mutmaßungen blieben in der kühlen Nacht hängen, denn Hubert antwortete nur „Was wissen wir schon…".

So verabschiedeten sie sich einfach und Hubert war froh, den warmen Hundekörper nahe bei sich zu spüren. „Komm, Akira, wir gehen jetzt in die Waschküche", sagte er leise. Mit dem Wasser und dem Schaum wusch Hubert der Hündin gründlich auch viele der seltsamen Gefühle weg, die sich bei ihm einstellten. Akira ließ die Prozedur ungewohnt friedlich über sich ergehen.

Das veranlasste Hubert auch selbst gleich in der Waschküche zu duschen, um Martin nicht zu wecken. Lange ließ er das heiße, klare Wasser über seinen Kopf und Körper brausen. „Das leere Haus…seltsam… was wissen wir schon…" hallte es nach.

Dr. Helmuth Biegler erschien nicht mehr zum Seminar, sein Platz blieb leer.

Die hellblauen Pillen
Christa Bruckner

Die Strassen waren fast menschenleer. Der Morgen legte sich sanft über die Stadt als die attraktive Fünfzigerin in ihren Kleinwagen stieg. Seit einigen Jahren hatte sie es sich angewöhnt, zeitig in die Firma zu fahren. Um sieben Uhr waren nur wenige dort und wenn sie am Nachmittag Sehnsucht nach der Sonne oder ihrem Lieblingshobby spürte, konnte sie die Arbeit ruhigen Gewissens beenden.

Das neue Parfum erfreute ihre Nase - noch konnte sie es selbst riechen. Die Vögel auf dem Baum, unter dem ihr Auto parkte, zwitscherten. Es war ein gutes Leben. Ihre gute Laune hielt auch noch an, als sie die vielen Haftnotizen auf Ihrem Schreibtisch bemerkte. Sie würde die schon abarbeiten. Zuallererst einmal einen Tee gekocht und die Klimaanlage abgedreht.   Später würden sie diese schon brauchen in dem kleinen Büro hoch über der Stadt, doch jetzt am frühen Tag wollte sie sich ihr noch nicht aussetzen.

Kaum hatte sie ihr „später" gedacht, spürte sie einen leichten Zug in der Magengrube. Vor noch nicht allzu langer Zeit war der Entschluss in ihr gereift, ihre Lebenszeit nicht mehr unter dem Druck ihrer Managerfunktion zu fristen, sondern stattdessen einen hochwertigen Assistenzposten anzunehmen. Die Firma und die ehrgeizigen Nachwuchsfrauen waren dankbar gewesen und die finanzielle Einbuße störte sie nicht. Ihr Sohn lebte mittlerweile sein eigenes erwachsenes Leben und für sie selbst reichte es allemal. Noch dazu seit sie Jakob kennengelernt hatte. Diesen wunderbaren herrlichen Mann, mit dem sie nun ihr Leben und dennoch nicht „alles teilte".

Der Gedanke an ihn hellte ihre Miene auf. Nur kurz allerdings, dann stellte sich das dumpfe Gefühl wieder ein. Diesmal überspielte sie es mit dem Sortieren der Haftnotizen und dem Checken der E-Mails. Jetzt noch schnell den wichtigsten Geschäftsfall hernehmen, bevor die Kollegin wieder kommen würde. Allein die Aufmerksamkeit für die Kollegin erweckte eine grauenhafte Ambivalenz in Christa. In ihr der liebevollen, friedfertigen Frau regte sich Abwehr. Stumm starrte sie auf den Akt.

Was machte es so unglaublich schwer, der jungen Kollegin am Schreibtisch vis-à- vis milde gestimmt zu sein?

Vielleicht war es schlicht ihre Auffassung von Arbeitsmoral. Christa war eines von sechs Kindern gewesen und ohne die Hilfe jedes einzelnen hätte die Familie wohl nicht das gut versorgte Leben führen können. Christa packte mit an, wo es vonnöten war und konnte damit umgehen, nicht gelobt zu werden. Meistens jedenfalls. Vielleicht war es auch der Aufwand, den die Maria trieb, wann immer sie ein größeres Projekt zu bewältigten hatte. Dann erzählte sie es jedem und machte es damit noch spektakulärer und schwieriger.

Um schließlich bei Christa zu landen und zur Schilderung hinzu auch noch die Arbeit zu liefern. Allein tat sie sich eben so schwer und Christa war ja da. „Du kannst das einfach besser", lautete das Zauberwort. In den Anfangszeiten stimmte das auch. Christa nahm Maria die meiste Arbeit ab und erledigte sie stumm.

Sie lauschte den dramatischen Schilderungen der persönlichen Erlebnisse ihrer Kollegin und war betroffen und hilfsbereit.

Eines Morgens stürmte Maria mit wimperntusch-geschwärztem Gesicht ins Büro. Nicht nur rund um die Augen, sondern auch über die Wangen rann die schwarze Suppe in einem Fluss von Tränen. „Christa, ich kann einfach nicht mehr! Was er mir antut! Wie er sich das nur vorstellt!" Wie ein Häufchen Elend schmiss sie sich in den Drehsessel und schnäuzte sich laut. Das war die Pause für den Einsatz von Christa. „Was hast du denn nur, du Arme, mein Gott, es ist ja wirklich kein leichtes Leben, das du zu bewältigen hast!" Christa sprach es und in ihr krampfte sich etwas zusammen. Ganz leicht nur und kaum merklich. Nun wieder Maria, fast wie im Theater: "Was bin ich froh, mit dir in einem Zimmer zu sitzen.

Damals habe ich mich dafür wirklich eingesetzt. Denn du verstehst mich wenigstens und bist nicht eines dieser eiskalten

A…löcher!" Fast schon lächelte sie, doch als sie bemerkte, dass Christa sich wieder ihrer eigenen Arbeit zuwenden wollte, legte sie noch nach: „Du kannst dir nicht vorstellen, was heute Morgen wieder los war?"

Christa war gefangen und hörte zu. Ihre Arbeit nahm sie mit nach Hause. Irgendwann gegen dreiundzwanzig Uhr fielen ihr die Augen zu und sie schlief im Bewusstsein ein, etwas falsch zu machen. Der Schlaf bescherte ihr wenig Ruhe. Ihr Körper begehrte auf und als sie Augen öffnete, zeigte der Wecker 1 Uhr nachts. Schlaftrunken erinnerte sie sich an die kleinen hellblauen Tabletten, die ihr die Ärztin nach der Gallenoperation mit nach Hause gegeben hatte.

Für die ersten schweren Nächte und zur Beruhigung. Es waren noch einige übrig geblieben. Leise schlich sie sich ins Bad. Das war vollkommen unnötig, da sie an diesem Abend alleine in der Wohnung war. Doch die jahrelang trainierte Rücksichtnahme saß tief in ihren Knochen.

Eine kleine hellblaue Tablette mit einem Schluck Wasser hinuntergespült und dann schnell wieder zurück ins Bett. Die Pille verfehlte ihre Wirkung nicht. Christa schlief entspannt und gut bis zum nächsten Blick auf den Wecker. 6 Uhr morgens. Zeit, ins Büro zu gehen. An diesem Morgen würde Maria nicht kommen. Ihr waren von der Firma zwei Home-Office Tage zugestanden worden, damit sie ihre Aufgaben bestmöglich erledigen konnte. Christa war einerseits froh über jeden dieser Tage, doch andererseits nagte in ihr ein Rest von Neid.

Nur noch ein Rest, den Großteil hatte sie vor Jahren in einer Therapie verabschiedet. Wieder regte sich in ihrem Körper ein Signal des Unwohlseins. Wieder ging sie darüber hinweg. Nachmittags kam eine andere Kollegin in ihr Büro. Es war diejenige, die sich immer gleich an die Schreibtischkante setzte und den neuesten Klatsch erzählte.

Christa fühlte sich wehrlos und hörte zu. Die Arbeit wurde nicht fertig und kam wieder mit nach Hause. Der Schlaf stellte sich diesmal gar nicht erst ein. Die letzte hellblaue Pille tat ihren Dienst und Christa nahm sich fest vor, es dabei bewenden zu lassen. Einige Wochen später war der Vorrat an hellblauen Pillen in Christas Apothekenschrank auf mehrere Packungen angewachsen. Ohne die nächtliche Unterstützung konnte sie keine Ruhe mehr finden.

Ihre Chefin vertraute ihr an, worum sie sich täglich sorgte und übergab ihr nebenbei mehr und mehr Arbeit. Maria stolperte jeden Tag wieder mit neuen Horrorgeschichten über ihren Mann, die Kinder, die Schwiegermutter, den Controller oder einfach die Bankangestellte oder die Supermarktkassierin herein. Ihre Worte legten sich wie ein schwerer Nebel über den Raum.

Christa war ihm ausgeliefert, waren doch Hilfsbereitschaft und Freundlichkeit die Werte, denen sie folgte. Die Unterlagen mussten wieder mit nach Hause. Die wichtigen Telefonate erledigte Christa mittlerweile in der Mittagspause. Da waren die anderen essen und sie konnte in Ruhe die heiklen Gespräche führen.

Manchmal bemerkte sie dann das dumpfe Zeichen ihres Körpers und griff sich an die Hüfte. Bis zum Abend hatte sie es wieder vergessen. Irgendwann zwischendurch bot die Vorgesetzte Christa ein Stressbewältigungsseminar an.

Christa nahm den Folder mit und entsorgte ihn im Altpapiercontainer. Alles, was da stand war nicht mehr wichtig. Atmen, meditieren, sich positive Affirmationen sagen. Dafür fehlte ihr jede Kraft. Sie dachte nur noch darüber nach, wie sie die Chefin davon überzeugen konnte, ein eigenes Zimmer zu bekommen. Ohne all diejenigen, die sie als Kummertante missbrauchten. Doch weil die Chefin selbst zu jenen zählte, drehten sich Christas Gedanken im Kreis. Sie schleppte sich in die Firma, jeden Tag wieder. Doch aufgrund dessen, dass sie eine gute Erziehung genossen hatte und stilsicher ihren Auftritt wählte, bemerkte das niemand. Nacht für Nacht brausten die Geschichten Marias durch den Kopf. Gemeinsam mit jenen der anderen Kolleginnen und der Chefin. Sie konnte sie nicht loswerden.

Die Pillen waren ihre einzige Chance und sie erhöhte die Dosis. Der Mann, bei dessen Anblick sich Christas Gesichtszüge aufhellten, war der einzige, der sich bereits Sorgen machte. Er buchte eine Tauchreise und wollte sie damit überraschen. Allerdings sollte es dazu so schnell nicht kommen. Die Firma hatte eine Auslandsreise für Christa gebucht.

Gemeinsam mit Maria und ihrer beider Chefin. Die drei Frauen sollten die Organisation eines Tochterunternehmens genauer unter die Lupe nehmen und Expertisen abgeben, was dort zu verbessern sei. Die Tickets für die Tauchreise lagen auf dem Schreibtisch des Mannes, dessen Name allein schon Christa glücklich machte. Die Tickets für die Geschäftsreise steckten in dem Fensterkuvert auf Christas Schreibtisch.

Beide Kuverts konnte Christa nicht mehr sehen. Sie war an diesem Morgen im Lift zusammengebrochen und der Portier hatte sofort die Rettung verständigt. Im Krankenhaus stellten die Ärzte eine Medikamentenvergiftung fest. Das war jedoch das geringer Übel, das würden sie hinbekommen. Was mehr wog, war der Tumor im Gallenweg, der sich doch längst äußern hätte müssen.

Christa war noch nicht ansprechbar und ihr Sohn berichtete nur, dass „die Mama nie geklagt hätte, über Schmerzen oder so."Ihre große Liebe stornierte die Tauchreise und besorgte sich ein Buch über die Aktivierung von Selbstheilungskräften bei Krebspatienten. Auch fiel es ihm schwer mit der vermeintlichen Schuld umzugehen. Warum hatte er nichts bemerkt? Wieso hatte er nicht entschlossener darauf bestanden, dass sie die Arbeit im Büro lassen sollte?

Als er an ihrem Krankenbett saß und sie die Augen aufschlug, um den Tag zu begrüßen, der ihr die Krebsdiagnose bringen würde, hatte der Mann sich bereits gesammelt und strahlte sie an. „Christa, mein Liebling, was machst du denn für Sachen? Weißt du was, jetzt denkst du einmal nur an DICH!" Christa schossen die Tränen in die Augen.

„Ja, "flüsterte sie, " genau!" „Weißt du was, wir buchen jetzt endlich unseren Tauchurlaub!"

Das Lügen war dem Manne nicht gegeben und nun war er es, der feuchte Augen bekam. „Unser Urlaub wird noch ein wenig warten müssen, es gibt noch etwas zu tun. Hier im Krankenhaus mit dir." Zum Glück kam nun der Oberarzt ins Zimmer und übernahm scheinbar die Verantwortung für das, was nun folgte: „Christa, bei dir ist ein Tumor entdeckt worden, du musst erst gesund werden, bevor wir verreisen können. Dr. Meyer sagt, es gibt da sehr gute Chancen." Mehr kam nicht über seine Lippen und der Arzt nickte und fuhr fort mit all dem was es zu sagen gab. Zum Glück hatte Christas Chefin das Ticket noch umbuchen lassen können, auf eine andere, jüngere Kollegin. Als sie zu dritt im Taxi zum Flughafen fuhren, berichtete Maria gerade wieder von einem Missgeschick mit einem Wasserrohrbruch, die Chefin stimmte mit ein und fügte noch hinzu, dass es doch zu schade war, dass Christa jetzt nicht mit ihnen fliegen konnte, denn wer würde denn jetzt das Protokoll und die Dokumentation machen? Die jüngere Kollegin zuckte mit den Schultern und meinte schlicht: „Um die Wasserrohrbrüche kann ich mich leider jetzt nicht kümmern, ich muss noch die Unterlagen durcharbeiten, die wir bei unserem Antrittstermin brauchen werden. Und – die Dokumentation? Nein, sorry, ich fliege direkt nach unserem Aufenthalt auf Urlaub, der war schon so lange gebucht und dann sei das doch wenig sinnvoll, wenn das Protokoll drei Wochen Verspätung haben würde.

Maria und die Chefin blickten sich an. Schon im Flugzeug hatte sich der Ton geändert. Maria erzählte von ihrem herrlichen sorgenlosen Leben und das sie bald auch eine Wohnung in Kitzbühel kaufen würden. Und was den Wasserschaden betrifft, mein Gott, sie hätten ohnehin eine Haushaltshilfe, die permanent anwesend war und den ganzen Dreck wegputzen würde. Im Hinterkopf dämmerte es ihr, dass sie Christa vielleicht das eine oder andere Mal mit ihren Schilderungen genervt haben könnte. Dabei wollte sie die gute Seele doch nur unterhalten und aufmuntern.

Sie erlebte doch nichts und Maria gab ihr das Gefühl gebraucht zu werden. Die Chefin mutmaßte, dass Christa wohl doch das Stressbewältigungsseminar machen hätte sollen und wahrscheinlich für den verantwortungsvollen Job langsam zu alt würde. Insgeheim war sie ganz froh darüber, denn Christa war die einzige, der sie fast alle ihre Schwachstellen offenbart hatte und die ohnehin die meisten davon schon seit Jahren kannte.

In der letzten Zeit hatte sie sich manchmal gefragt, ob das nicht unklug war, soviel Persönliches weiterzuerzählen. Doch Christa war einfach immer da gewesen, hatte ihr den Frühstückskaffee gebracht und sich geradezu angeboten zuzuhören. „Wahrscheinlich hat sie das lieber gemacht als ihre Arbeit. Nun, sie wurde ja in der letzten Zeit eh nicht mehr so richtig fertig damit." Sehr einig waren sie sich: „Ja, die Christa, schade eigentlich." Die junge Kollegin hatte zum Glück ihren IPod mit und die Stöpsel in den Ohren.

Die verschwundene Brosche
Andreas Krämer

Fast könnte es eine Liebesgeschichte sein, die an einem kalten Winterabend über den Fernsehschirm flimmert.

Eine Story über den Helden auf dem weißen Schimmel, der die kindliche Frau auf sein Pferd hebt und mit ihr in ein neues Leben reitet.

Katharina, von all ihren Freunden nur „Kathi" genannt, strich sich seufzend durch ihre langen dunklen Haare. Diesen Mann zu treffen war das Beste, was ihr jemals passiert war. Sie war einfach in ihn hineingelaufen.

Der Bus stieß Rauchwolken aus dem Auspuff, es war klar, dass er im nächsten Moment die Türen schließen und abfahren würde. Deswegen rannte sie los. Sie wollte unbedingt noch mit.

ER war in diesem Augenblick noch schnell ausgestiegen, weil er sich auf dem Heimweg ein Eis gönnen wollte, anstatt bis direkt vor seine Haustüre zu fahren.

Und dann geschah es. Kathi rammte den wunderschönen Mann.

Sie lief rot an und er lächelte. Der Bus fuhr ab.

Für die Ewigkeit der Liebe durfte der städtische Busfahrer kein Verständnis aufbringen.

So standen sie nun da und Kathi fasste sich wieder. Sie strich sich ihren Rock gerade und zuckte mit den Schultern. „Jetzt ist er weg", sagte sie mehr zu sich selbst als zu ihrem Gegenüber.

„Das tut mir leid", erwiderte der jugendlich wirkende Mann, der bei näherem Hinsehen schon die Dreißig überschritten haben musste.

„Waren Sie auf dem Weg zu einem Rendezvous?" setzte er nach und Kathis Gesichtsfarbe wechselte abermals. Weil er das bemerkte und die junge Frau ausgesprochen anziehend fand, fügte er hinzu „Ich meine, es ist an mir, mich zu entschuldigen. Haben Sie vielleicht Lust auf ein Eis?"

Zwei Fliegen mit einer Klappe schlagen hätte wohl ein Freund von ihm gescherzt, doch es fiel ihm einfach nichts Besseres ein.

„Übrigens, ich heiße Andreas und wie heißen Sie?" „Katharina", sagte Kathi und wunderte sich über sich selbst wie distanziert ihr Taufname aus ihrem Munde klang.

Wenig später saßen sie einander gegenüber und sie erzählte ihm von ihrem wichtigen Termin, der nun warten musste, bis der nächste Bus in einer Stunde kam.

Dabei löffelte Kathi ihren Eisbecher und lächelte Andreas immer wieder an. Jener fragte sich indes, weswegen dieses elfenhafte Wesen sich Katharina nannte und beschloss, in die Offensive zu gehen.

„Kathi, ich darf Sie doch so nennen, oder?" drang es an ihre Ohren. Damit war das Eis gebrochen. Dieser Mann war anders als die meisten, die sie bereits kennengelernt hatte. Und älter als alle zuvor, mit denen sie Eis essen gegangen war. Die Stunde verging viel zu schnell und wenn es nicht Kathis beste Freundin gewesen wäre, die heute Abend ihren Geburtstag am anderen Ende der Stadt feierte, hätte sie wohl die Zeit vergessen. So blieb ihr nur ein „Ach herrje, es ist schon spät. Ich will nicht nochmals den Bus verpassen." Was konnte sie doch lügen!

„Ja, klar! Na dann…" Andreas fühlte sich ein Stück zu alt und abgebrüht, um einfach zu fragen, ob er nicht mitkommen könnte. Nein, es musste schon etwas Originelleres sein, mit dem er Kathi beeindrucken wollte. Schließlich klopfte sein Herz so stürmisch, wie es das schon lange nicht mehr getan hatte. Schnell sagte er noch „Kathi, ich bin morgen um die gleiche Zeit wieder hier. Lass uns morgen weiterreden." Da war sie schon verschwunden. Als der Bus an ihm vorüber fuhr, konnte er sie nicht erkennen, die Scheiben spiegelten. Kathi konnte Andreas sehen und sie lächelte.

„Morgen um die gleiche Zeit", hallte es in ihr nach. Wer wusste das schon. Sie fühlte sich leicht und frei als sie beim Geburtstagsfest ankam. An morgen denken? Nur das nicht.

Die Party dauerte bis in die Morgenstunden und Kathi hatte es tatsächlich geschafft, nicht an ihre neue Bekanntschaft zu denken. Das war auch gar nicht notwendig, denn Andreas hatte sich flugs einen Platz in ihrem Herzen gesichert. Im Traum erlebte sie das Wiedersehen gleich einem Kitschroman und als sie aufwachte, wusste sie zuerst nicht, ob das Treffen in der Zukunft oder schon in der Vergangenheit lag. Erst unter der Dusche erwachten ihre Lebensgeister   wieder.

Der Moment wartete auf sie, das Wiedersehen mit Andreas, einem Mann, der ihr vermeintlich um Längen voraus war.

Glücklicherweise stapelten sich die Anträge auf ihrem Schreibtisch.

Anträge von Menschen, denen die Politik gestattet hatte, in Österreich leben zu dürfen, die allerdings weder über eine Wohnung, noch über Arbeit und meist auch über keine Deutschkenntnisse verfügten.

Vor zwei Jahren – bei ihrer Bewerbung – war Kathi ganz sicher gewesen, hier an einer wichtigen, menschenfreundlichen Stelle arbeiten zu wollen.

Im Laufe der Zeit wuchs sich ihre Arbeit jedoch in Administration und „Nein sagen müssen" aus. Deswegen überlegte sie einen Jobwechsel. Leise bei sich, noch nicht vor den Kolleginnen oder gar dem Chef.

Doch wer würde dann das „Nein" sagen? Eindeutig und menschenwürdig zugleich? Diese Verantwortung war Kathi noch nicht bereit, abzugeben.

Gegen halb fünf Uhr nachmittags blickte sie auf die große Bahnhofsuhr, die über dem Empfangspult hing. Die Flüchtlinge hielten sich selten an die Öffnungszeiten der Servicestelle, deswegen hatten sie nun mehr oder weniger durchgehend von frühmorgens bis in den späteren Abend Betrieb. Das klappte nur im Wechseldienst. Zum Glück für Kathi, so konnte sie auch immer wieder mal ausschlafen. Morgen zum Beispiel.

Die Kombination von „Andreas " und „ausschlafen" verursachte ein Kribbeln im Bauch. Der nächste Antrag wartete und das notwendige definitive „Nein" holte sie auf den Boden der Realität zurück.

Punkt fünf drehte sie den Rechner ab, leitete ihr Telefon um und zupfte ihre Kleidung zu Recht. In der Damentoilette blickten sie aus dem Spiegel zwei blitzblaue Augen an. Die Schminkutensilien ließ sie unbeachtet in der Handtasche, sie beugte sich über das Becken und wusch sich ihr Gesicht mit dem frischen kalten Wasser, das aus der Leitung spritzte.

Danach fühlte sie sich wohler. Nun noch der rosafarbene Lippenstift und gut. Normalerweise startete zu diesem Zeitpunkt ihr Sprint zum Bus.

Heute war alles anders. Sie würde das Stück Weg zu Fuß zurück legen, vielleicht beruhigte die Bewegung ihr Herzklopfen.

Als „die gleiche Zeit" gekommen war, fehlte ihr noch ein kleines Stück bis zum Eissalon. „Gut so" dachte sie. „dann mache ich mich nicht ganz lächerlich, wenn er nun gar nicht da ist." Bei ihrem Eintreffen war es zehn Minuten nach „der gleichen Zeit".

Sie wagte kaum den Gastgarten zu betreten und zu dem Tisch hinzusehen, bei dem sie sich am Vorabend verabschiedet hatten. Schließlich tat sie es doch.

Der Platz war leer. Über Kathis Herz legte sich ein Schatten und sie wankte leicht. Der Mann, der hinter ihr in den Salon gekommen war, bemerkte ihr Wanken. Er legte seine Hände von hinten auf ihre Schultern und stützte sie. „Kathi, was für ein Glück, dass Sie noch da sind!"

Ein Abend wie aus Zuckerwatte wurde es. Süß, klebrig und unwiderstehlich. Sie lachten und redeten. Zwei Stunden später wechselten sie vom Eissalon in die nahegelegene Trattoria.

Andreas kannte die Gegend mit ihren Lokalen gut. Kathi nutzte ihre Mittagspausen hingegen meistens, um im begrünten Innenhof in die Luft zu schauen. Sie konnte mit vollem Magen keine guten „Neins" sagen.

Dabei würde sie sich im sprichwörtlichsten Sinne zu satt fühlen.

Das Personal in der Trattoria begrüßte die beiden freundlich, sie kannten Andreas schon lange. Als einen Mann, der selten zweimal hintereinander mit der gleichen Frau in die Trattoria kam. Nur einige wenige hatten es auf Wiederholungen gebracht. Die anderen waren wiederum mit anderen Männern wiedergekommen. Das Carpaccio und die Gnocchi schlugen Eitelkeiten um Welten und wer weiß, vielleicht wollten sie auch zeigen, dass der Verlust sie nicht getroffen hatte.

Für die Kellner blieb es ein amüsantes Schauspiel, sie verwöhnten die Gäste so oder so nach allen Regeln der Kunst und hofften auf sattes Trinkgeld.

Andreas ließ sich diesbezüglich nicht lumpen, denn erstens machte das Eindruck auf seine Gegenüber und zweitens war ihm die Diskretion in diesem Haus etwas wert. Kurz vor der Sperrstunde bat er um die Rechnung. Sie bekamen noch zwei eiskalte Sorbetti serviert und die Kellner wünschten ihnen eine gute Nacht. Kathi war schlichtweg glücklich. Der Abend endete vor ihrer Haustüre. Andreas brachte sie im Taxi nach Hause, um sich ganz gentlemanlike zu verabschieden.

Nun kam die große Szene: Andreas zog aus seinem Sakko eine kleine Schmuckschatulle hervor. Er hielt sie vor seine Brust und machte sie in Richtung Katharinas auf. Fürwahr, jetzt nannte er sie Katharina.

„Katharina, du bist etwas ganz Besonderes. Darum möchte ich dir diese Brosche schenken. Sie gehörte einst einer wunderbaren, zauberhaften und liebevollen Frau. Nur dir kann ich sie mit gutem Gewissen übergeben. Bitte nimm sie an und trage sie in Ehren."

Kathi blieb die Sprache weg, dennoch nahm sie die Brosche zittrig aus dem Etui.

Diese war aus mattem Gold in der Form einer mehrfach geschlungen liegenden Acht mit einem strahlenden zierlichen Brillanten in der Mitte.

„Sie ist wunder-, wunderschön!" stammelte sie und Andreas nützte seine Chance und gab ihr einen Kuss auf die Stirn. „Sie gehört dir. Ich bin sehr froh, dass ich dich gefunden habe."

„Andreas, ich …" Kathi fand immer noch nicht zurück in die Wirklichkeit. „Ich weiß, ich weiß, sag jetzt bitte nichts. Die nächsten drei Tage bin ich auf Geschäftsreise. Doch am Sonntag bin ich zurück und dann treffen wir uns wieder im Eissalon, zur gleichen Zeit, gut?"

Die Worte waren noch gar nicht ganz in Kathis Ohr gedrungen, folgten ihnen schon die eiligen Schritte, die Andreas nun von ihr weg machte. Fast wie auf der Flucht - hätten Beobachter bemerkt.

Kathi beachtete es nicht. Das war alles zuviel für Sie. Müde, weinselig und gleichzeitig hellwach kam sie in ihrer Wohnung an. Die Schatulle mitsamt der Brosche legte sie auf den Couchtisch und setzte sich kurz auf ihr Sofa. Dort schlief sie in Sekundenschnelle ein. Am nächsten Morgen blinzelte die Sonne durch das Wohnzimmerfenster und weckte Kathi auf. Erschrocken schaute sie auf ihr Handydisplay. Das Handy war die ganze Nacht an gewesen und irgendwie hatte sie auf eine unmögliche Nachricht gehofft. Andreas wusste ihre Nummer doch gar nicht. Und dann gleich der nächste Schreck – die Firma! Glück gehabt. Ihre Arbeit würde erst in einer guten Stunde anfangen.

Sie rappelte sich auf und rieb sich die Augen. Hatte sie gar nur geträumt? Da fiel ihr Blick auf die kleine Schatulle auf dem Couchtisch.

Nein, es war alles real. Ihr Herz beschleunigte seinen Rhythmus, als sie das Schmuckstück in ihre zierlichen Hände nahm. Die Brosche war eine ganz besondere Arbeit. Sie fühlte sich alt und wertvoll an und Kathi beschloss, eine Kleidung zu tragen, die der Eleganz des Kleinods entsprach.

Sie wählte das luftige Sommerkleid, das sie für die Hochzeit einer anderen Freundin gekauft und sonst noch zu keiner Gelegenheit getragen hatte. Die warme Luft, die durch das Fenster hereinkam erlaubte es ihr. Die Kolleginnen würden bestimmt fragen, wofür sie sich so hübsch gemacht hatte. Sie würde einfach antworten „mir war heute danach" und Punkt.

Das war neu. Kathi bemerkte an sich so etwas wie mehr Selbstbewusstsein. Die Neins an diesem Tag gingen ihr leichter über die Lippen. Der Arbeitstag schneller vorbei. Die Tage bis zu ihrem Wiedersehen mit Andreas verbrachte Kathi in einer Art positiver Trance. Sie schwebte fast. Beflügelt durch die Brosche an ihrer Kleidung, die sie jeden Tag fast feierlich ansteckte. Die Sehnsucht unterlag dem Zauber. Der Sonntag kam ganz leicht und schnell.

Kathi genoss den Tag im Strandbad und eilte nachmittags nach Hause, um sich hübsch zu machen. Für das Treffen nahm sie eine leichte weiße Sommerbluse und weiße Jeans aus dem Schrank. Ein kühlerer Abend kündigte sich an und so bekam der dunkelblaue Blazer die goldene Brosche angesteckt. Glücklich und beschwingt bestieg sie den Bus. Der Fahrer lächelte ihr zu und sie lächelte zurück. Jeder, der in den letzten Tagen mit ihr zu tun hatte, war ein kleines Stück verzaubert. Diesmal war sie zu früh im Eissalon. Selbstbewusst nahm sie Platz und bestellte zwei SodaZitron. Kathi wollte Andreas überraschen. Auf die Zitronensorbetti folgte nun die alkoholfreie Fortsetzung.

Eine halbe Stunde später stand sein Glas immer noch unberührt auf dem Tisch. Ein kühler Wind kam auf und der Himmel trübte sich ein.

Die Kellnerin bot Kathi an, sich im weniger romantischen, doch dafür regensicheren Innenbereich niederzulassen, doch Kathi klebte förmlich an ihrem Sessel. Die ersten Regentropfen purzelten vom Himmel und rannen an Katharinas Wangen herunter. Sie mischten sich mit ihren Tränen. Die junge Frau ließ ihre Traurigkeit und Enttäuschung ungefiltert strömen. Wie ein Häufchen Elend saß sie da und die Kellnerin war zartfühlend genug, das einfach zu ignorieren.

Selbst schon so um die Vierzig erahnte sie, was hier gerade lief. Kathi war starr vor Kälte und Wut. Wie eine Statue blieb sie im Garten des Eissalons sitzen und heulte. Die Kellnerin bereitete inzwischen heißen Tee mit Zitrone zu und brachte ihr eine Decke nach draußen. Als sie so bepackt vor Kathi stand, begann diese plötzlich zu lachen. „Was war ich doch für eine dumme Kuh!"

Die Kellnerin stimmte in das Lachen mit ein, stellte den Tee auf den Tisch und warf die Decke über den leeren Sessel. „Willkommen im Club, Mädchen – sie sind es nicht wert – die Männer!" Antonio, der die Szene von drinnen beobachtete, wandte sich ab. „Immer diese Frauen" ging ihm durch den Kopf und er drehte den Fernseher auf. Der Regen hatte aufgehört und die beiden Frauen weinten Freudentränen. Mehr und mehr

Schimpfworte und Formulierungen für „die treulosen Männer" polterten durch den Gastgarten. Schließlich raunte es von drinnen ein „Wir sperren jetzt zu" heraus. Kathi erschrak und stammelte ein „Ach herrje, entschuldigen Sie bitte".

„Da gibt es nichts zu entschuldigen, meine Liebe, das hat mir tatsächlich auch einmal sehr gut getan!" schmunzelte die Kellnerin und begann die Stühle zusammen zu stellen. Kathi nahm sich ein Taxi, um nach Hause zu kommen.

Nach einem Großteil der Wegstrecke stoppte sie den Fahrer. „Halten Sie hier, ich möchte gerne noch ein Stück laufen!" Sie bezahlte und stieg aus dem Auto.

Die Nachtluft war kühl, das tat ihr gut. Sie rannte los bis ihr die Luft wegblieb. Dann blieb sie kurz stehen, um gleich wieder loszulaufen.

Daheim angekommen, war das meiste von „Andreas" aus ihren Zellen verschwunden. Sie nahm nun auch noch die Stiegen und landete schließlich an ihrer Wohnungstür. Die nasse Kleidung ließ sie gleich im Vorzimmer liegen. Was sie jetzt brauchte, war eine heiße Dusche.

Die schwemmte den Rest von Andreas beinahe weg. Doch halt, da war noch die Brosche. Was sollte sie mit der nur tun?

Nur mit dem Turban auf dem Kopf trippelte sie ins Vorzimmer. Sie hob den Blazer auf, der nach dem Regenguss nur noch fällig für die Reinigung war. Mit flinken Griffen suchte sie nach dem wertvollen Stück. Das Revers des Blazers war leer. Die Brosche war verschwunden.

„Gut so" dachte Katharina. Hoffentlich findet sie jemand, dem sie mehr Glück bringt als mir. Anschließend brauchte sie noch eine Ration heißen Wassers. Danach schlüpfte sie in ihr frisch überzogenes Bett.

Dabei ließ sie den allerletzten Rest von Andreas los, denn ihm war die frische Bettwäsche unter anderem zu verdanken, noch unter anderen Vorzeichen vorfreudig zu recht gemacht. So ein Glück, gerade noch einmal davongekommen, flüsterte ihre innere Stimme. Es war ein Traum, sonst nichts. Ein schöner Traum.

Erschöpft fiel sie in einen tiefen Schlaf, der sie behutsam wieder mit der Welt versöhnte.

Zur gleichen Zeit bestellte Andreas in der Trattoria sein drittes Glas Wein. Diesmal war er alleine gekommen. In seinen Augen lag eine Traurigkeit, die die Kellner vor allzu viel Freundlichkeit warnte. Seine Hände umklammerten ein Stück Papier, das er vor sich liegen hatte.

„Mein lieber Andreas. Du bist ein ganz besonderer Junge. Du wirst eines Tages eine ganz besondere Frau finden. Für sie vermache ich dir meine Brosche, die ich selbst von meiner Großmutter geerbt habe. Sie bringt der Trägerin Glück und Freude. Das wünsch ich dir von Herzen – deine Oma." Katharina war diese ganz besondere Frau. Dessen war er sich sicher. Die Brosche war in die richtigen Hände gelangt und würde ihren Dienst tun können. Das wünschte er sich sehr.

Er fühlte einen Stich im Herzen, nahm einen großen Schluck vom schweren Rotwein und griff zu seinem Mobiltelefon.

„Daniel, ich weiß es jetzt. Ich habe mir lange genug etwas vorgemacht. Das mit den Frauen ist nichts für mich. Hast du Lust auf italienisches Essen?" Der Freund am anderen Ende bemerkte die Trunkenheit zwar, doch das, was Andreas sagte, wog stärker.

Die Kellner konnten sich ab diesem Abend an die Begleitung von Andreas gewöhnen, sie wechselte nicht mehr. Von nun an kamen die beiden Männer zweimal in der Woche vorbei. Sie strahlten eine Wärme und Natürlichkeit aus, die zuvor bei mit all den Frauen nicht im Raum gestanden war. Das tat allen gut, dem Lokal, den Gästen und Andreas und Daniel sowieso. Deswegen fanden sie recht bald auch regelmäßig eine frische Blume auf ihrem Tisch. Nicht nur sie. Beim Anblick der beiden war die Chefin auf die Idee gekommen, die Trattoria mit noch mehr echter Herzlichkeit auszustatten. Für alle.

Der Libellenflügel

Das Schnarren der Zikaden tönte in ihren Ohren. Exakt seit der Tageszeit, an der die Temperatur 28 Grad Celsius erreicht hatte. Gerhard und Susan waren längst wach. Der Swimmingpool bedurfte seiner Wartung und die zwei Pferde im gegenüberliegenden Hof mussten versorgt werden.
Die Pferde, Susan war nur unter der Bedingung in das idyllische griechische Kaff gezogen, dass sie ihre Pferde mitnehmen durfte. Dieses durfte sagte einiges über die Beziehung der beiden aus. Gerhard war einsam gewesen nach seiner Scheidung. Er durchsuchte das Internetz nach Frauen.
Vordergründig für Herz und Seele, doch pragmatisch betrachtet auch für die Versorgung des großen Anwesens.
Seine Frau war ihm nach vielen Ehejahren abhanden gekommen, und viele Vermögenswerte noch dazu. Das war zuerst ein Schock gewesen, doch schon nach einigen Wochen empfand er eine große Erleichterung. Weniger zu haben hieß auch weniger Gedankenschwere. Als sich der Winter langsam verabschiedete und die ersten Gästebuchungen für den Sommer eintrudelten, machte er sich an die Arbeit und bereitete die Wohnungen vor. Abendlich saß er in der einen oder anderen Taverne und trank mit den Einheimischen. Irgendwann flüsterte eine leise Stimme in seinem Kopf: „Gerhard, alleine schaffst du das nicht." Und seine Umgebung begann darüber zu reden. Der etwas kleingewachsene Mann mit dem sportlichen Körperbau, braungebrannt und Lebens erfahren brauchte wieder eine Frau an seiner Seite. Die virtuelle Suche erschien ihm anfangs lächerlich, erst recht, als er über achthundert Antworten in seiner Mailbox vorfand. Diese Frauen, sie konnten es doch alle nicht wirklich ernst meinen. Bei seinem Surfgang im Netz fiel ihm auch eine Anzeige auf, die sich immer wieder einblendete. „SUN". Selbst und Neu. Sie sind der Regisseur Ihres Lebens! Unterlegt von einer strahlenden Sonne. Mehr nicht, keine Telefonnummer und keine Adresse. Einfach ein Strahlen im Netz, das ihm gut tat. Gerhard sortierte die Mails neu.

Diesmal blieben nur die Frauen über, die die griechische und die deutsche Sprache beherrschten. Zu guter Letzt entschied das beste Foto und Gerhard fuhr los. Die Frau, die er im griechischen Cafe traf, erinnerte nur entfernt an die Frau auf dem Bild, das ihm von seinem PC entgegen gelacht hatte. Es war nahezu zwanzig Jahre alt. Enttäuscht und wütend meldete er sich bei der Partnerbörse ab. Bevor er den letzten Klick tat, leuchtete eine neue Nachricht auf. Ohne Foto und ohne Anforderungsprofil schrieb sie schlicht: „Lass es uns versuchen." Ihre Worte berührten sein Herz. Susan durfte also kommen. Das erste Mal mit dem Bus. Sieben Stunden Fahrt.

Das zweite Mal wieder mit dem Bus. Gerhard trainierte seine Härte. Innen drinnen fühlte er sich nicht besonders gut dabei.

Nach einigen Wochen stand für die beiden fest: Sie wollten es tun. Hier und jetzt als Mann und Frau zu leben. Susan war beeindruckt von der Großzügigkeit der Anlage. Auch davon, wie selbstverständlich Gerhard mit all den Dingen umging.

Die Häuser, die Grünanlagen und dann noch die Boote. Sie selbst war das Arbeiten gewohnt. Ihre drei mittlerweile erwachsenen Kinder von unterschiedlichen Vätern waren mehr oder weniger nebenbei aufgewachsen, während sie für den Lebensunterhalt sorgte. Anfangs als Kellnerin, in den wildesten Zeiten in einer Rotlicht Bar. Zum Glück entdeckte sie ihr Talent und ihre Liebe fürs Reiten schon früh in ihrem Leben. Die Stunden mit den Pferden, deren Kraft und Herzschlag gaben Susan die nötige Kraft, um immer wieder weiterzumachen. An jedem Ende der Sackgassen eröffneten sich ihr kleine Fluchtwege in ihre Zukunft. Irgendwann war daraus eine Ausbildung zur Reitlehrerin geworden und eine fixe Anstellung im örtlichen Reitstall. Dort am griechischen Peloponnes, wo sie Jahre später die Suchanzeige von Gerhard im Internet fand. Mittlerweile gehörten zwei Pferde ihr. Das war alles, was sie hatte. Und eine kleine Wohnung ohne Klimaanlage. Es war ein echter Glücksfall, bei Gerhard gelandet zu sein. Er war nicht nur liebevoll und männlich, sondern scheinbar auch reich. Das erste Mal in ihren fünfundvierzig Jahren war der Griff nach dem großen Los geglückt. „Susan, komm! Wir machen uns heute noch einen schönen Tag!" Gerhard strahlte, Susan war genau zum richtigen Zeitpunkt in seinem Leben aufgetaucht. Er zeigte ihr die Quellen des Flusses Acheron, wobei zeigen ein Stück zu leicht gesagt ist. Am staubigen Parkplatz wimmelte es nur so von Händlern, die Erfrischungen und Schuhwerk anboten. Gleich nebenan priesen andere ihre Raftingboote und die dritten boten die Flusswanderung mittels Pferd an. Susan seufzte. So hatte sie sich den romantischen Ausflug nicht vorgestellt. Und wozu Gerhard die Taucherschuhe mitgenommen hatte, erschien ihr rätselhaft. Dennoch folgte sie ihm und trabte den steinigen Weg in den Sportsandalen entlang, die Luftmatratze und die Schuhe schulterte er. Nach einer Viertelstunde war der Sinn der Ausrüstung klar. Es würde zu Wasser weitergehen. Dankbar umarmte Susan Gerhard und küsste ihn aufs Ohr. Auf ihn konnte sie sich eben doch verlassen. Das kalte Wasser umspülte ihre Beine, während sie Schritt für Schritt flussaufwärts marschierten. Langsam erreichte der Wasserstand ihre Hüften. Das Gefühl war unvergleichlich. „Fast wie bei der ersten Reitstunde." ging es Susan durch den Kopf. Sie waren verbunden mit der starken Kraft der Natur. Die Klarheit des Wassers reinigte ihre Gedanken. „Gerhard" setzte Susan mutig an. „Gerhard, können wir etwas ausmachen?" Gerhard zuckte zusammen, das war die Art von Frage, die ihn an zu viele ungehaltene Versprechen in seinem Leben erinnerte. Er täuschte den männlichen genetisch bedingten Gehördefekt vor und schwieg.

Jetzt war nur die Gegenwart wichtig. Susan drang nicht weiter vor. Sie merkte sich, was sie sagen wollte und würde es später noch einmal versuchen. Bald kamen sie an die erste Stelle, die nur schwimmend zu bewerkstelligen war. Der ganze Körper streckte sich gegen die Strömung. Es brauchte kraftvolle Schwimmbewegungen. Susan merkte, wie ihr es plötzlich an Luft fehlte. Gerhard war knapp neben ihr. Er war wesentlich trainierter als sie. Ein paar Tempi weiter hatte sich sein Vorsprung vergrößert. Susan strampelte keuchend vor sich hin. Da drehte er sich um. Beim Anblick von Susan, der man ansah, dass sie einst sehr schön gewesen sein musste, doch die mittlerweile ihr bewegtes Leben im Gesicht trug, überkam ihn so etwas wie Rührung. Sie vertraute ihm und was tat er?

Schnell besann er sich. Er schwamm zurück, reichte ihr die Hand und gemeinsam erreichten sie schnell die sichere seichte Stelle. „Das ist hier die stärkste Strömung, du hast das Gröbste geschafft. Nun beginnt der wahre Genuss." So war es auch, es folgte eine wunderschöne Wanderung durch die Schlucht, die der Fluss in vielen Jahren in den Fels geschlagen hatte. Immer wieder war es notwendig zu schwimmen, doch lange Strecken wateten sie Hand in Hand. Schweigend und ehrfürchtig vor dem gewaltigen Naturschauspiel inmitten dessen sie sich befanden. Der Weg zurück erschien um ein vielfaches kürzer, bei den Schwimmstrecken hingen sie friedlich nebeneinander an der Luftmatratze. Jeder, der ihnen begegnete konnte ihre tiefe Verbundenheit spüren. In dieser Nacht verbanden sich ihre Körper zu einem einzigen. Jetzt konnte kommen was wollte. Ihre Frage hing bei Susan im Schrank. Sie hatte an Bedeutung verloren. Erst Wochen später würde sie sich zurückmelden. Die Zeit verging mit herrlichen Stunden mit dem Boot, beim Wasserschifahren, und in versteckten Buchten. Jedoch auch mit viel Arbeit und Schweiß beim Renovieren und Wiederherstellen der Ferienanlage. Besonders der Pool musste jeden Tag aufs Neue gewartet werden. Eben während einer solchen Wartung läutete das Telefon. Gerhard griff mit nassen Händen zu seinem Mobile. Es rutschte ihm einfach durch die Finger. Susan bemerkte die Panne und hob es hoch. Wie automatisch meldete sie sich. Es war Gerhards Handy und bis jetzt war sie immer nur zum Festnetzanschluss gelaufen. Doch nun war es eben zu spät, die griechische Meldeformel war gesprochen und am anderen Ende war ein Räuspern zu hören. „Mein Griechisch ist nicht gerade gut, ich möchte Herrn Glockner sprechen, wer ist denn da überhaupt?", kullerten die Worte aus dem Gerät. „Hallo, Verzeihung, hier spricht Susan, Herr Glockner konnte gerade nicht abheben, er kommt sofort." Fast unterwürfig sagte sie das. Die Stimme am anderen Ende hatte so förmlich geklungen. In der

Zwischenzeit hatte sich Gerhard die Hände abgetrocknet und er streckte die rechte Hand nach dem Telefon aus. „Hallo, ja Glockner hier. Nein, das war eine Ausnahme, sonst nehme immer nur ich ab." hörte Susan ihn noch sagen, dann bog Gerhard hinter das Haus ab. Offensichtlich wollte er nicht gehört werden. Jetzt meldete sich die Frage wieder. Bei der nächsten Gelegenheit würde sie gestellt werden wollen. Nach ungefähr zehn Minuten nahm Gerhard seine Arbeit am Pool wieder auf. Seine Miene hatte sich leicht verdüstert, seine Bewegungen schienen ruckartiger als zuvor. Susan holte von der Eismaschine frische Eiswürfel und ging ins Haus. Sie kam mit zwei Ouzo zurück und stellte sie auf den großen Tisch der Poolterrasse. Gerhard sah auf und lächelte. Susan atmete auf. Offensichtlich war sie nicht der Grund für seine Besorgnis. Vielleicht würde sie ihm sogar helfen können. Während sie den Ouzo tranken, redeten sie über Belangloses. Das entspannte die Lage. Die Frage wurde ungeduldig, doch Susan vertröstete sie auf später. Zuerst wollte sie noch das Abendessen zubereiten, die frischen Zucchini, Tomaten und der Schafkäse warteten in der Küche.

Frisch geduscht und rasiert setzte sie Gerhard zum Tisch. Seit er fast nur noch in kurzen Hosen und ärmellosen T-Shirts herumlief, war es ihm ein Bedürfnis, an den Abenden ein Stück ehemaliges Weltmännisches in sein Haus zu bringen. Oder in eine der nahe gelegenen Tavernen. Dort freuten sich alle über den neu erstarkten und gut aussehenden Mann mit der hübschen Frau. Susan blühte auf, mit jedem Tag kehrte ein Stück ihrer Schönheit zurück. Nach einigen Gläsern Retsina war ihre Neugierde denn doch größer als ihre Bedenken. Die Frage musste neuerlich warten, denn eine andere drängte sich vor: „Wer war der Mann heute am Telefon? Wieso klang er so förmlich?" Die Urlauberanfragen oder die Anrufe von Gerhards Freunden hatten bislang immer viel fröhlicher und freundlicher geklungen. „Susan, das war Herr Mattighofen. Er ist ein Geschäftspartner von mir. Mehr möchte ich dazu jetzt nicht sagen. Es ist nicht der richtige Zeitpunkt dafür."

Punkt. Die nächste Frage stand vor verschlossenen Türen.

Susan war enttäuscht. Zum Glück zeigten der lange Arbeitstag und der Wein ihre Wirkung. So gingen sie zu Bett und das Unausgesprochene erhob sich zu einer kleinen Wolke über ihren Köpfen. Der Morgen darauf weckte die beiden mit einem leichten Wind und viel Sonne. Auf der Frühstücksterrasse schimmerte ein kleines Etwas. Susan nahm es vorsichtig in die Hand. „Ein Libellenflügel…"flüsterte sie leise. In ihrem Herzen wurde es kühl. Die Libelle würde nicht mehr fliegen können, war wahrscheinlich bereits tot. Dennoch funkelte und glitzerte der Flügel wie es kaum schöner ging.

Gerhard war ebenfalls auf die Terrasse gekommen. Er umarmte Susan zärtlich von hinten und legte ihr seine Hände auf den Bauch. Sie erschrak fast, so leise näherte er sich.

„Was hast du denn da? Oh, einen Libellenflügel! Wie schön er ist!" Im selben Augenblick erwachte die Frage, die Susan längst stellen wollte. „Gerhard, ich habe eine Bitte. Lass uns keine Geheimnisse voreinander haben. Unsere Libelle soll ihre Flügel behalten und im Flug glitzern lassen. Ich möchte keine halben Sachen mehr machen." Der Griff seiner Hände verkrampfte sich, dann ließ er los und wandte sich ab. „Ich bin gleich wieder da, Susan. Der Teekessel hat gerade gepfiffen, ich bringe uns frischen, heißen Tee und dann reden wir weiter, gut?" Seine Stimmlage war ein wenig zu hoch, sein Atem verkürzt. Still war es gewesen, die ganze Zeit. Doch Susan ahnte, dass er diesen Moment brauchen würde, um ganz ehrlich mit ihr zu sein. Sie setzte sich, den Flügel immer noch in der Hand, auf den alten Schaukelstuhl und wartete. Ihr Blick fiel auf die Pflanzen auf der Balustrade, rotorange und pinkfarbene Blumen leuchteten ihr entgegen. Das Wasser vom Swimmingpool spiegelte sich in der gegenüberliegenden Hauswand. Das Bangen in ihrem Herzen beruhigte sich ein wenig. Gerhard brauchte lange, viel zu lange, um den Tee zu holen. Sie zwang sich sitzen zu bleiben. Das Teewasser war aufgegossen und die drei Minuten, die der Tee brauchte, längst abgelaufen. Gerhard musste von vorne anfangen, so bitter konnten sie den Tee nicht trinken. Das war die geringere Mühe im Vergleich zu dem, was er soeben getan hatte. Nämlich seinen Laptop hochgefahren und den Banner mit der Sonne gesucht. Es musste eine weitere Internetseite geben, er brauchte jetzt einfach Verstärkung. Sie sind der Regisseur Ihres Lebens! Das allein reichte jetzt nicht.

Greg Lundarskis Public Relation Assistent testete den neuen Banner. Sie würden nun doch eine Homepage oder gar eine Telefonnummer angeben. „Wir fangen mit der Telefonnummer an", schlug Greg vor. Das ist für die Notfälle.

„Greg, weißt du, was du da machst, das artet zur Telefonseelsorge aus!" unkte der Assistent „da brauchen wir ein Callcenter!" „Mach einfach mal, nur den heutigen Vormittag, ich bin ja da." Gregs Präsenz suchte Ihresgleichen. „Ich bin ja da" galt als Freibrief für die Telefonnummer.

Der Assistent veränderte den Banner und stellte ihn ins Netz. Sicherheitshalber limitierte er die Zeit mit zwei Stunden. Er spürte seinen Unwillen, allzu karitativ tätig zu sein. Aus schlechtem Gewissen schickte er den Banner dafür zusätzlich an einige Tageszeitungen. So würden an einem Tag eben viele Menschen die Chance bekommen. Damit war es dann gut.

Greg kommentierte diese Ader stets mit den Worten „das lernst du schon noch, wenn du länger mit mir zu tun hast." Deswegen tat er es diesmal ohne viel darüber zu reden. Greg war keiner, der gleich misstrauisch wurde und zwei Stunden waren zumindest Chance für ein oder zwei Anrufe. So kam es, dass dieses Mal beim Anklicken des Banners eine Telefonnummer aufblinkte. Gerhard wählte sie einfach aus dem Bauch heraus.

Das Gespräch dauerte keine zehn Minuten. Die Anmeldung zum Seminar würde Gerhard per Mail zugeschickt bekommen.

Der Mann am anderen Ende wollte es nicht bei der Notversorgung bleiben lassen. Das leuchtete Gerhard ein, weil schon die zehn Minuten sehr hilfreich gewesen waren. Greg lehnte sich zurück und lächelte. Wieder einmal war er durch seine Intuition gut beraten gewesen. Noch zwei weitere kurze Anrufe kamen in den beiden Stunden herein. Sie waren auf der Suche nach einer astrologischen Beratung. Greg winkte ab. Der Banner kam wieder frei von Kontaktmöglichkeit ins Netz. Für heute reichte die eine Beratung.

Susan saß da wie ein Häuflein Elend, als Gerhard mit dem Tablett, dem Tee, frischem Weißbrot, Obst, Butter, Käse, Joghurt und Honig wieder auf die Terrasse kam. Bedächtig stellte er die Sachen auf Tisch, auf den er zuvor noch ein strahlend blaues Tischtuch gelegt hatte. Das Handy läutete und Susan zuckte zusammen. Gerhard beantwortete den Anruf und sagte laut und deutlich „Hallo, Herr Mattighofen, es ist alles erledigt. Ich rufe Sie heute Nachmittag zurück, um Ihnen die Einzelheiten zu berichten. Jetzt geht es gerade nicht. Ich habe nämlich etwas sehr Wichtiges zu tun. Ja, natürlich, keine Frage. Etwas für Ihre Anlage. Um sechzehn Uhr? Gut, ich melde mich zuverlässig. Auf Wiederhören." Diesmal war er mitten auf der Terrasse stehen geblieben und Susan hatte jedes Wort verstehen können. „Ihre Anlage" war Gerhards Formulierung gewesen. Was bedeutete das? „Setz dich bitte zu mir Susan. Ich möchte auch keine halben Sachen mehr. Ich möchte dir sagen, mit wem du es zu tun hast. Und ich hoffe, du bleibst trotzdem." Seine Stimme streikte. Dafür zog er eine Karte und ein Stück Papier aus seiner Tasche. Auf der Karte war zu lesen: „Griechenland pur – Ferientouristik. Gerhard Glockner. Verwalter Dorf Ammoudia." Das Stück Papier war ein Arbeitsvertrag, auf dem das monatliche Gehalt ausgewiesen war und die Option einer zweiten Arbeitskraft mit einem zusätzlichen Salär von x Euros angeführt war. Susan starrte auf die Zeilen. Sie verschwammen vor ihren Augen. „Warum hast du mir das nicht gleich gesagt? Was spielst du hier für ein Spiel? Hast du nur eine billige Arbeitskraft gebraucht? Und ich dachte, du liebst mich…"
….flirrten ihr durch den Kopf. Der Libellenflügel zitterte in ihrer Hand. Immer noch hielt sie sich daran fest. Ein Windstoß erfasste das Wunderwerk und trieb es hoch hinauf in den Himmel. Susan schaute ihm nach. Ihr Herz klopfte laut. Nein, sie wollte nicht mit den alten vorwurfsvollen Gedanken kommen. Doch eine andere Antwort tauchte weit und breit nicht auf. „Gerhard, ich kann jetzt gar nichts dazu sagen. Das braucht etwas Zeit. Lass uns frühstücken und gut." Gerhard seufzte.

Wie hatte Greg Lundarski diese Antwort wissen können? Wie vermuten, dass Susan nicht gleich erbost das Handtuch werfen würde?" Die kleine Wolke über den beiden verdampfte unter der Kraft der Sonne. Das war ein guter Anfang.

Dunkelbraune Fensterläden
DI Veronika Schuster

Gut sah es aus. Das neue Büro in der sechsten Etage. Nach der längst fälligen Renovierung und der dazugehörigen Feng-Shui Beratung erstrahlten die Räume in neuem Licht.

Veronika freute sich darüber. Sie hatte das Projekt geleitet und war das eine oder andere Mal mit den externen Beratern zusammengekracht.

Der eine wollte sich nicht damit abfinden, dass ein technisches Büro nicht zu einem esoterischen Tempel umgebaut werden konnte. Die Inneneinrichterin wiederum bestand auf den vorgegebenen Baguas. Über den Grundriss des Büros gelegt, gibt dieses Muster Auskunft über die Verteilung der Energiefelder. So lassen sich Störungen im Energiefluss oder Fehlbereiche feststellen. Veronika stimmte zu, jedoch konnte sie sich mit dem einen oder anderen Detail einfach nicht anfreunden. Der Brunnen erinnerte sie zu sehr ans chinesische Restaurant um die Ecke, das Bild des Wasserfalles war um Klassen zu kitschig. Das hieß Diskussionen ohne Ende, die sie einmal sogar mit dem Satz „Nun, wer ist denn jetzt hier der Kunde, wer muss hier arbeiten?" beenden musste.

Danach ärgerte sie sich. Weswegen war sie in ihre businessmäßige Tonart verfallen? Um wie viel näher der Wahrheit gelegen wären Worte wie: „Das passt für mich einfach nicht, das fühlt sich für uns hier nicht richtig an, also ganz intuitiv stimmt das für mich so nicht." Das hatte sie sich nicht getraut. Gar nicht deswegen weil die Beauftragten dann ein falsches Bild bekommen hätten können von der jungen Frau Diplomingenieur. Nein, vielmehr deswegen, weil sie sich das nicht sagen hören konnte. Sie selbst versteckte sich vor ihrer intuitiven Seite wie der Dieb vor der Polizei.

Manche ihrer Freundinnen, die schon eifrig wöchentlich in Meditationsrunden liefen oder gar selbst dem Kartenlegen frönten, lachten sie deswegen aus.

Sie mutmaßten sogar, Veronika hätte nur deswegen das technische Studium gewählt, um diesem „Zeug" zu entkommen, wie sie selbst es oft nannte. Jedenfalls hatte sie sich durchgesetzt und das Großraumbüro konnte sich sehen lassen. Veronikas eigener Arbeitsplatz lag an einem östlichen Fenster. Sie liebte es, frühmorgens zu arbeiten, ab heute würde sie die Morgensonne sie dabei begleiten.

Schon als Kind war das so. Im Haus ihrer Großmutter bewohnte sie immer das kleine, hellblau gestrichene Zimmer, in das morgendlich die Sonnenstrahlen blinzelten. Durch die stets geputzten Fenster mit den schweren, dunkelbraunen Fensterläden, die immer offen standen. In den Ferien war sie dort, oft an den Wochenende oder wenn sie krank war.

Ihre Mutter war als Versicherungskauffrau viel auf Achse, Pflegeurlaube waren nicht drin. Ihr Vater lebte nur kurz in der kleinen Familie, bevor ein tragischer Verkehrsunfall ihn aus dem Leben riss. Die ersten Monate nach seinem Unfalltod war er Veronika öfter erschienen.

„Das träumst du nur, Niki", hatte die Mutter sie damals beschwichtigt. „Das gibt es nicht, der Vati ist tot und er ist im Himmel. Tote können nicht zu den Lebenden kommen, das ist alles Unsinn. Hörst du?"

Die Stimme der Mutter klang in diesen Momenten immer ein Stück höher als sonst, der Tonfall war sogar ein wenig bedrohlich.

Veronika war ein braves Kind. Sie verwies den Vater ins Reich der Träume. Dort durfte er sie regelmäßig besuchen.

Erst als die Klassenbeste und Wunderschönste in der Volksschule zu ihr sagte: „Du spinnst doch! Wer so was träumt, der spinnt!" hörte sie auf darüber zu sprechen. Im Gymnasium nach der Religionsstunde war es dann endgültig klar. So lief es wohl nicht und was da in ihrem Kopf vor sich ging, musste wohl ein Irrnis sein. Nur ihre Oma, die in dem kleinen Haus am Wald, die glaubte ihr. Doch von der Oma sprachen die meisten Menschen in Veronikas Umgebung auch nur in verwundertem Ton.

Das war sie längst gewohnt, die Helga Fasching. Geboren am 13.Oktober 1930 in Krakau als Tochter einer Schauspielerin. Der Geburtsort mehr zufällig. Die Theatertruppe hatte gerade Station gemacht. Der Regisseur – Helgas Vater – eine künstlerische Pause verordnet, damit das Baby nicht gar mitten unter der Vorstellung seinen Weg ins Leben suchte. Drei Tage gab er Helga und sie hielt sich daran und meldete ihre Ankunft pünktlich am Abend des ersten Tages an. Die Nacht verging unter Stöhnen und Atmen, erst um drei Uhr morgens, genau um 3 Uhr 10, tat Helga ihren ersten Atemzug. Wie von selbst folgten der zweite, der dritte und so weiter. Helga brauchte nicht zu schreien. Sie war geboren und gut. Am dritten Tag stand ihre Mama wieder auf der Bühne, die schöne, junge Hauptdarstellerin war unentbehrlich.

Helga schlummerte derweil in einem Wäschekorb und wurde von den Engeln gehütet, während die Menschen keine Zeit erübrigen konnten. So erzählte sie es jedenfalls Jahre später ihren Kindern und Kindeskindern.

Die Kinderjahre Helgas vergingen wie im Flug. Ab ihrem dritten. Lebensjahr wuchs sie bei ihrer Großmutter am Bauernhof auf. Von allen in der Familie stets „die Bäuerin" genannt. Die Mama kam immer wieder auf Besuch. Zu Ostern oder zu Weihnachten und manchmal sogar zwischendurch. Jedes Mal war ein anderer Begleiter an ihrer Seite. Jedes Mal stellte sie ihn als den aktuellen Regisseur vor. Die Großmutter kredenzte Kaffee und Kuchen. Je nachdem, was gerade verfügbar war am Hof. Sie umarmte ihre Tochter und drückte sie fest.

Da waren keine Fragen oder Vorwürfe. Die junge schöne Frau liebte das Leben und die Liebe. Die Bäuerin vergönnte ihr das, hatte sie selbst niemals in die Welt hinaus gekonnt und war zeit ihres Lebens am Bauernhof ihrer Eltern im oberösterreichischen Mühlviertel geblieben.

Zuerst wegen der Eltern, die sie für die zuverlässigste Tochter hielten und ihr den Hof übergaben, lange bevor sie den Mann kennenlernte, der anschließend für ihr Bleiben verantwortlich war. Kurz nach der Hochzeit kamen die Kinder, sieben an der Zahl. Die Bäuerin liebte sie alle. Auch den Mann.

Doch an die weite Welt war nicht mehr zu denken. Die holte sie sich in Büchern in ihre Stube. Helga liebte die Bücherregale mit den stillen Schätzen. Stundenlang verkroch sie sich im großen Ohrensessel und versank in ihre eigene kleine Welt.

Die Bäuerin genoss die Anwesenheit des kleinen Mädchens. Jetzt wo die eigenen Kinder bereits selbst ihr Auslangen fanden, brachte Helga das kindliche Strahlen ins Haus zurück. Der Hof war Arbeit genug. Helga lebte einfach mit. Sie war viel allein, lief über die weiten Wiesen oder kuschelte sich in eine Baumkrone. Sie war verbunden mit der Natur und studierte die Kräuterbücher der Bäuerin. Bald schon wusste sie, welches Kräutlein für welche Krankheit hilfreich sein konnte. Das waren die wertvollsten Stunden, wenn die Bäuerin und Helga abendlich zusammen saßen und die Kleine der Alten erzählte, was diese längst vergessen hatte. Dann fiel es ihr wieder ein und die beiden beschlossen, Kräuter zu sammeln und auf ihre Wirksamkeit zu überprüfen.

Ebenso ereignete es sich mit den alten Tarotkarten, die im Schrank lagen. Die waren noch von der Urli, die sie eines Tages von einem fahrenden Händler gekauft hatte. Einfach, weil sie so schön bunt waren.

Deswegen waren sie auch der Bäuerin aufgefallen und irgendwann kam das Buch dazu, das deren Bedeutung aufklärte.

Einmal hatte sie es wohl durchgelesen, um es dann endgültig in die untere Lade der Kommode zu legen. Bis Helga es entdeckte. Irgendwann nach der Schule, als sie der Oma beim Aufräumen helfen musste.

Das war genau an dem Tag, als sie die Mama zum letzten Mal sah. Helga zeigte ihr stolz die Karten, worauf diese lächelte. „Dir bringen sie ganz bestimmt Glück, meine Süße!" sagte sie und „Weißt du, mein Liebling, irgendwann, wenn du mit der Schule fertig bist, dann kommst du wieder zu mir! Und ich zeige dir die Welt. Die, die du nur aus den Büchern kennst. Damit du nicht so wirst wie die Bäuerin. Das ist doch fad für eine wie dich, oder?".

Dabei zwinkerte sie ihrer Mutter in einer Art und Weise zu, die den frechen Ausspruch sofort wieder gut machte.

Helga strahlte und umarmte ihre Mama noch einmal, bevor diese mit dem aktuellen „Regisseur" in das klapprige Auto stieg. Er hatte sich als Fritz vorgestellt und trug die Uniform der deutschen Wehrmacht.

Diese Begegnung war eine der wenigen, die Helga mit dem Krieg machen musste.

Von diesem Tag an, nahm Helga die Karten jeden Abend heraus, sie liebte es, Geschichten zu erfinden, die hinter den Kartenbildern steckten. Ihre Zukunft zu finden in den vielfältigen Zeichnungen. Das lenkte sie ab von den Gräueltaten und deren Nachrichten, die mittlerweile sogar bis in das kleine Dorf durchdrangen.

Monate später lag ein Brief im Postkasten. Er brachte die Kunde, dass die wunderbare Schauspielerin, Helgas Mutter, in einem städtischen Krankenhaus verstorben war. Verblutet nach einer Operation.

Während die Bäuerin die Zeilen las, musste sie sich setzen. Ihr wunderbares Mädchen, diese herrliche Frau einfach verblutet auf einem Krankenhaustisch? Sie bekreuzigte sich. „Jedes Kind hätte ich doch aufgenommen", flüsterte sie. Helga kam in die Küche. Sie hörte den Satz nicht vollständig und fragte nach „Was ist passiert, Bäuerin, was hättest du? Und – wie schaust du denn überhaupt aus?"

Das Leben hatte der älteren Frau schon einige Lektionen aufgegeben, sie war es gewohnt, nicht gleich loszuheulen. Stattdessen richtete sie sich auf und bat Helga sich zu ihr zu setzen. „Mein Engel, komm, setz dich zu mir!" Sie sprach ganz leise und doch klang es wie ein Befehl.

„Helga, es gibt immer einen Weg, hörst du?"

Das Mädchen verstand kein Wort. „Ich…" setzte Helga zu sprechen an. Die Bäuerin unterbrach sie: „Ich sagte, es gibt immer einen Weg. Wenn du hier herunten auf der Erde keine Hilfe mehr vermutest, dann glaub mir, vom Himmel kommt sie, du brauchst nur zu bitten. Einfach nur zu bitten!" So hatte Helga die Bäuerin noch nie gesehen. Die Hände, die Arbeit und Unbill gewohnt waren, zitterten. Um die Lippen der Bäuerin perlten

Schweißtropfen, sie legte den Brief auf den Küchentisch und faltete die Hände zum Gebet. „Komm, Helga, komm, wir beten jetzt. Wir beten für die Mama."

„Für die Mama, ausgerechnet für die Mama?" fragte Helga. Normalerweise hätte sie wohl gelacht, doch jetzt erstarb ihr Lachen. „Helga, die Mama ist tot. Sie ist jetzt auf dem Weg zum Herrgott. Falte deine Hände und bete für sie!" Ruckartig riss sie ihre eigenen Hände nochmals auseinander und stand auf. Sie holte eine kleine, weiße Kerze aus der Küchenkredenz und stellte sie mit einem Unterteller auf den Tisch. Das erste Streichholz erlosch gleich wieder, das zweite verglühte am Docht. Erst das dritte Streichholz blieb am Brennen und entzündete die Kerze.

Das Mädchen war wie hypnotisiert, sie bemerkte die Tränen nicht, die sich nun endlich ihren Weg gebahnt hatten. Sie hörte nur, wie die Bäuerin sich laut schnäuzte, bevor sie wieder am Küchentisch Platz nahm. Helga spürte wie ihr Mund zu beben begann und ihr Herz fast zerplatzte. Ihre Mama, ihre wunderschöne, liebevolle Mama war tot!

Wozu jetzt denn beten? Woran denn glauben? Die zierlichen Hände klammerten sich aneinander, dass das Weiß der Knöchel zu sehen war. Die Augen füllten sich mit salzigen Tränen und die Zähne bissen aufeinander. Ihr ganzer jugendlicher Körper war in Aufruhr. Das Herz klopfte laut, die Lungen schnappten nach Luft, das Blut schoss durch ihre Schläfen. „Vater unser im Himmel" setzte die Bäuerin an. Laut und tragend klang ihre Stimme. An manchen Abenden hatten die beiden miteinander gebetet. Um die gute Ernte oder um sonst was.

Deswegen presste Helga auch diesmal die Worte hervor, sie folgte der Großmutter, die wieder und wieder den „Vater unser" und die „heilige Mutter Gottes" beschwor, der Tochter den Weg in den Himmel zu ebnen. So beteten sie sich in eine Trance, sie beteten und beteten, bis Helga erschöpft mit dem Kopf auf die Tischplatte kippte und einschlief. Die Bäuerin schob die Kerze ein Stück zur Seite und betete weiter.

Die Nacht legte sich über den Hof. Lange vor der Morgendämmerung erwachte Helga auf der Bank in der Küche. Sie rieb sich ihre Augen und blickte zum Küchentisch. Dort saß die Bäuerin, die Schultern eingefallen und den Kopf zur Seite gelegt. Nochmals musste sich Helga die Augen reiben, denn was war das? Rund um den Tisch war es leuchtend hell. So als ob Gestalten aus Licht sich um die Bäuerin gesellten. Leise klang ein Lied von Harfen und Oboen in der Luft, manchmal ergänzt durch ein helles Glockengeräusch, das Helga nur von der weihnachtlichen Bescherung kannte.

Als sie sich wieder gefasst hatte, stand sie auf und legte der Bäuerin die Hand auf die Schulter. Sie rüttelte sie leicht. „Aufwachen, Oma, aufwachen" flüsterte Helga leise und hatte gar nicht bemerkt, wie automatisch das „Oma" das „Bäuerin" abgelöst hatte. „Oma, du musst aufwachen, das musst du dir anschauen!" setzte das Mädchen nach. Die alte Frau wachte nicht mehr auf. Die Engel hatten sie wohl als Begleitschutz für ihre Tochter gebraucht.

So erklärte Helga es am nächsten Morgen ihrem Tagebuch. Fast wie von selbst schrieben sich die Buchstaben in das Heft: Ganz alleine stehe ich nun da. Mit dem Großvater und dem Hof. Ich möchte doch Lehrerin werden. Und das werde ich auch tun. Für den Rest wird schon der Himmel sorgen. Bitte liebe Engel, helft!" Ungläubig las sie sich selbst vor, was sie gerade geschrieben hatte. Zum Glück kamen jetzt die Onkel und Tanten. Das Brimborium um den Tod der Oma und der Schwester dauerte einige Wochen.

Helga ging weiter zur Schule. Es war ihr letztes Jahr in der Hauptschule. Eine Tante von ihr hatte ihr angeboten, zu ihr in die nächst größere Stadt zu ziehen, um dort aufs Gymnasium zu gehen. Dafür sollte sie ihr im Haushalt helfen. Der alte Bauer konnte auf dem Hof bleiben, denn einer der Söhne war durch eine Kriegsverletzung kampfuntauglich geworden. Er war noch unverheiratet, jetzt berufsunfähig und stand vor dem Nichts. Er würde dem Vater helfen und der Vater half gleichzeitig ihm. Es sollte Zeit vergehen, dann würde sich schon eine Lösung finden.

Helga konnte es kaum glauben. Die Engel halfen tatsächlich!

Sie schloss die Hauptschule ab und später das Gymnasium.

Als sie auf der pädagogischen Akademie ihre Abschlussprüfung mit Auszeichnung bestand, erblickte sie im Publikum ihre Mama. Ihre wunderschöne, strahlende Mama, die ihr zuwinkte und lächelte. Helga trat einen Schritt zurück und schloss die Augen. „Mama, danke!" sagte sie in sich hinein, bevor sie die Urkunde entgegennahm.

Die Frau im Publikum war verschwunden. Die Mama in Helgas Herzen würde ewig leben.

Helga wurde eine wunderbare Lehrerin, heiratete einen stattlichen liebevollen Mann und schenkte zwei Kindern das Leben. Sie führte ein ganz normales, bürgerliches Leben. Nur manchmal, da konnte man sie sagen hören: „Also weißt du, diese Reise würde ich erst im Herbst machen." Und dann stellte sich heraus, dass die Nachbarin zuvor noch eine Gallenkolik erlitt, die in weiterer Folge zur Entfernung der Galle führte. Die Reise im Herbst war goldrichtig. Oder Helga meinte: „Nun, du wirst es schon wissen, nur ich habe da so ein Gefühl, als ob du besser mit der anderen Fluglinie fliegst" Und dann stellte sich heraus, dass die eine Fluglinie ihre Preise sehr kurzfristig erhöht hatte. Oder Helga vermutete: „Lass die Finger weg von diesem Ausbildungsinstitut!" Und Monate später stand der Konkurs desselben in allen Zeitungen.

Bei leichten Krankheiten oder Beschwerden fand Helga das richtige Kräutlein, mischte den notwendigen Saft. Bei vielem, wo Hilfe gebraucht war, steuerte sie gute Gedanken und Weisheiten bei. Veronikas Mutter, Helgas Tochter, ließ das nicht gelten. Sie sprach von Zufällen, Einmischung und Küchenhexerei. Wenn sie ihre Versicherungen verkaufte, war das einfach Können und sonst gar nichts.

Auch ihr Bruder hatte so seine liebe Not mit den Vorhersagungen der Mutter. Seine Karriere als Direktor des großen Pharmakonzerns vertrug sich nicht gut mit den Kräutertinkturen.

Die drei Enkelkinder wiederum, solange sie noch klein waren, hingen an ihren Lippen und liebten diese Geschichten. Wobei die beiden Cousins von Veronika beide in ein technische Hochschule mit Internet verbannt wurden und ab diesem Zeitpunkt immer seltener im Holzhaus mit den dunkelbraunen Fensterläden vorbei kamen.

Veronika hatte auch eine technische Ausbildung gewählt. Sie wollte es ihrem Vater noch posthum zeigen, dass sie das Zeug zur Frau Diplomingenieur hat. Das schaffte sie mit Bravour. Als sie ihr Diplom abholte, meinte sie das Rasierwasser vom Vati zu riechen. Sie schloss kurz die Augen und fühlte sich wie von hinten durch kräftige Arme gestützt. „Frau DI Schuster – Sie hören ja noch gar nicht auf den Titel!" scherzte der Rektor und Viktoria lief rot an. Sie nahm die Urkunde in Empfang und beeilte sich zurück in die Reihen.

„Bravo!" flüsterte ihr die Mutter zu und „der Vati wäre jetzt sicherlich ganz stolz auf dich!" „Er ist es", dachte Veronika und dieses Gefühl tat unendlich gut.

Niemandem würde sie es verraten. Genauso wenig, wie sie je darüber sprechen wollte, welches Ritual sie vor den Prüfungen veranstaltete.

Sie tat den Kreis aus weißen Kieselsteinen mit dem gleichschenkeligen Kraftkreuz in der Mitte und dem hellrosa Teelichterschein einfach als Einfluss des Wassermannzeitalters auf selbst digitale Menschen ab.

So als ob sie einen besonders modischen Nagellack verwendete, nur der Mode wegen. Mit dem Unterschied, dass ohnehin niemand sie beobachtete. Sie machte sich selbst etwas vor.

Auch ihre „AntiAlimentationsberatung", die sie im Freundeskreis launig eingeführt hatte, titulierte sie als reinen Zickensport. Doch jedes Mal wenn eine ihrer Freundinnen oder Freunde mit einer neuen Liebe ankam, diagnostizierte sie ein früheres oder späteres Ablaufdatum.

Meistens lag sie nur knapp daneben. „Papperlapap" pflegte sie zu antworten, wenn jemand sie darauf ansprach. „Papperlapap" dachte sie auch, als ihr Chef mit der Broschüre kam. „SuN" stand groß vorne drauf. „Ich möchte mich bei Ihnen bedanken, Sie haben dieses Projekt mit so viel Einsatz und Kompetenz begleitet. Und überdies auch mit weiblicher Intuition. Deswegen schenke ich Ihnen diese Seminartage von Herzen gern! Für mich wäre das ohnehin Verschwendung."

Er drückte ihr den Folder in die Hand, zog hinter seinem Rücken einen großen Blumenstrauß hervor und lächelte. Die umstehenden Kolleginnen und Kollegen klatschten. Veronika lächelte verlegen und bedankte sich. Abends kramte sie den Folder aus ihrer Aktentasche.

Da fiel ein Blatt heraus. Anmeldebestätigung für Frau DI Veronika Schuster. Wir freuen uns auf Sie!

„Papperlapap?"

Tante Anni
Mag. Anna-Maria Bernsteiner

Die Kirchenglocken läuteten sieben Mal, als Anna-Maria den Schlüssel im Schloss des Gartentores drehte.

Neben ihr stand die kleine Yasmin, deren Mutter sie immer gleich als erste im Kindergarten ablieferte.

Yasmin war ein aufgewecktes, kleines Mädchen, das ständig den Mund offen hatte, ungeachtet ob ihr jemand zuhörte oder nicht.

Auch an diesem Morgen legte sie los, sobald die Mutter auf das Fahrrad gestiegen und losgeradelt war. Sie war längst zu groß für den Fahrradkindersitz, doch eine andere Möglichkeit gab es für die beiden nicht. Yasmins Mutter durfte ihre Stelle als Reinigungskraft im schicken Restaurant nicht verlieren, sie musste pünktlich anfangen.

Wie sie überhaupt vieles musste und nicht mehr wollte in den vergangenen Jahren. Sie hatte sich vor vier Jahren für das Kind entschieden. Von dem Mann, der nichts davon wusste. Gleich nach der kurzen gemeinsamen Nacht war er wieder in seine eigene kleine Welt zurückgekehrt. Yasmins Mutter hatte sich einmal fallenlassen wollen, sich vergessen, verrückt sein. Der große, gutaussehende Außendienstmitarbeiter kam gerade richtig. Monate später war sie schwanger. Sie bemerkte es spät, weil ihre Monatsblutung ohnehin unregelmäßig war. Sie ahnte es nicht, weil sie ein Kondom verwendet hatten.

Safer Sex, wann immer sie nun diesen Ausdruck hörte, zuckte sie nur mit den Schultern. Die Gynäkologin hatte sie damals ungläubig angeschaut und gesagt: „Frau Steinwendner, Sie haben nichts bemerkt?" Da war das Baby im Bauch knapp drei Monate alt. Nach der Blutuntersuchung und den ersten Tests erfuhr Yasmins Mutter, dass das Kind ein echter Glücksfall sei, denn so wie sich das alles zeigte, wäre ihre Körper für höchstens eine Schwangerschaft geeignet. Mehr würde eine Blutanomalie, an deren lateinischen Namen sie sich nicht mehr erinnerte, nicht zulassen.

Yasmins Mutter schaffte gerade noch ihr letztes Schuljahr. Auf der allgemeinbildenden höheren Schule war sie der Hingucker schlechthin mit dem dicken Babybauch. Ihre Eltern sagten ihr ein Mindestmaß an Unterstützung zu. „Zumindest, bis das Baby in den Kindergarten kommt." Im Dorf redeten sie über die Familie und die Eltern konnten nicht damit umgehen. So zogen sie um, Yasmin und ihre Mutter.

In den Vorort am Rande der Stadt, wo sie nun lebten. Die junge Frau schrieb sich auf der Universität ein und buchte ein Fernstudium. Wenn Yasmin schlief, lernte sie. In der Nähe fand sich keine Stelle. Die beiden überlebten in einer winzigen Wohnung dank der Familienbeihilfe und einer monatlichen Zuwendung der Eltern. Es reichte hinten und vorne nicht. Deswegen war der Kindergarten so wichtig. Ein paar Stunden frei, um arbeiten gehen zu können.

Anna-Maria kannte die ganze Geschichte. Yasmins Mutter war mehrfach bei ihr im Büro gesessen. Sie wollte die Kleine früher in den Kindergarten geben und suchte Hilfe. Anna-Maria war im ganzen Ort als herzensgute und besondere Frau bekannt, doch das Gesetz beugen konnte sie nicht. So kam es, dass sie anbot, an manchen Nachmittagen mit Yasmin am Spielplatz zu bleiben. Gleich nachdem der Kindergarten seine Tore geschlossen hatte. Dann konnte Yasmins Mutter ihre Vorstellungstermine ausmachen.

Es brauchte viele dieser Termine, niemand wollte die alleinerziehende Studentin, die wohl nicht sehr viel Zeit und Engagement für die Arbeit aufbringen würde. So landete sie schließlich bei den sogenannten „niedrigen Tätigkeiten" in einem Nobelrestaurant. Ursprünglich wollte der Geschäftsführer die hübsche junge Frau für den Empfang einstellen. Als er von Yasmin hörte und davon, dass die Abende dem kleinen Mädchen gewidmet sein mussten, blieb nur noch die morgendliche Grundreinigung des Lokals über.

Wer weiß, vielleicht fände sich doch bald eine andere Arbeit, doch vorerst eben nicht. Anna-Maria genoss die Stunden mit dem kleinen Mädchen. Als Yasmins Mutter sie fragte, ob sie nicht auch weiterhin stundenweise helfen würde können, lehnte sie ab. Viel zu stark hatte sie sich bereits in die Familienverhältnisse gemischt. Das durfte sie nicht.

Anna-Maria war verantwortlich für alle fünfundzwanzig Kinder in ihrer Gruppe und für den ganzen Kindergarten noch dazu. Das hieß drei Kindergärtnerinnen und drei Helferinnen, eine Putzfrau und drei Springerinnen. Seit drei Jahren war sie mit der Leitung betraut. Meistens war sie froh darüber, manchmal wünschte sie sich in ihre Anfangszeit als junge Kindergärtnerin zurück.

Dorthin, wo sie noch nicht bemerkte, welche Schicksale draußen auf ihre Schützlinge warteten. Dorthin, wo sie in den Augen der Eltern noch nicht lesen konnte und sich fröhlich und unbedarft in ihre tägliche Arbeit stürzte.

Sie ging darin auf und lebte dafür. Manchmal wagte sich ein Mann in ihre Nähe.

Manchmal dauerte es einige Monate, doch für eine längere Beziehung oder gar Ehe war Anna-Maria noch nicht bereit. Knapp über Vierzig sprach sie immer öfter darüber, dass sie wohl alleine bleiben würde. Zumindest was die Kinder betraf. Seit sie bei einer wunderbaren Supervisorin gewesen war, getraute sie sich das auszusprechen und dazu zu stehen. Der Kindergarten war ihr Leben, ihre Freizeit ein kostbares Geschenk. Mehr als eine Notfallshilfe durfte sie nicht mehr sein. Das war die zweite Erkenntnis, die sie mit zurück in den Kindergarten gebracht hatte. Es sollte nicht mehr so werden wie es jahrelang gewesen war. Jahrelang hatte sie direkt an den Familienleben teilgenommen. Sich zu einem Teil von ihnen gemacht. Und sich über die Maßen verantwortlich gefühlt für die Schicksale der Kinder.

Beim Gedanken daran, klang ihr sein „Mir lieb machen!" im Ohr. Der kleine Benedikt war damals gerade drei geworden. Sein Vater schubste ihn mehr durch die Tür, denn dass er freiwillig in die Gruppe kommen wollte. Der gutaussehende große Mann lächelte Anna-Maria an und schon war er wieder weg. Benedikt stolperte in den hellen, großen Raum. In seinen Augen schimmerten Tränen. Anna-Maria kniete sich vor ihn hin und umarmte ihn sanft. „Mir bitte lieb machen!" bellte er ihr entgegen. In einem

Ton, der eine Mischung aus Befehl und Verzweiflung in sich trug. Sie hatte ihm daraufhin über den Kopf gestrichen, um danach nach dem großen, kuscheligen Stoffhund aus der Leseecke zu greifen. „Schnuffel, das ist Schnuffel".

„Schnuffel, mir bitte lieb machen." Benedikt umklammerte das Kuscheltier, das beinahe so groß war wie er selbst und weinte. Anna-Maria schnappte die beiden umsichtig und trug sie in die Kuschelecke. Die anderen Kindergartenneulinge kamen mit ihren Müttern oder Vätern, welche die ersten beiden Stunden da blieben. Danach gingen alle wieder nach Hause. Langsam sollten die kleinen Seelen an die neue Umgebung gewöhnt werden.

Benedikt blieb bis zum Nachmittag. Er verharrte in der Kuschelecke. Wollte nicht zum Essen kommen, ging nicht zur Toilette. Nur einen Becher mit Wasser, den ihm Anna-Maria brachte, nahm er an.

Etwas anderes war in der Kuschelecke nicht erlaubt. Selten fiel es ihr so schwer, eine Regel einzuhalten. Eine halbe Stunde vor dem Zusperren stand Benedikts Vater wieder vor der Glastüre. Anna-Maria hatte sich fest vorgenommen, ihn zur Rede zu stellen. Er winkte, Benedikt ließ Schnuffel sitzen und rannte zu ihm.

„Herr Berger, Sie …" setzte Anna-Maria an.

„Komm, mein Herz, wir sind spät dran. Auf Wiedersehen und besten Dank!" Wieder strahlte er sie an und war weg.

Am darauffolgenden Tag ließ sie die Gruppentür geschlossen. Sie sperrte von innen zu und ließ jedes Kind persönlich in die Gruppe. Als sie Benedikt und seinen Vater durch die große Glasscheibe kommen sah, ging sie vor die Tür in die Garderobe.

Benedikts Vater zog dem Buben die Schuhe aus. Dafür musste er sich hinhocken. Anna-Maria hockte sich auf Augenhöhe der beiden und sagte streng: „Das können Sie nicht machen!" Der Mann blickte ihr tief in die Augen. Anna-Marias Herz klopfte laut. Sie wollte Acht geben, in welchem Ton sie mit den Eltern sprach. In diesem Fall musste sie ihn auf eine wichtige Regel hinweisen. Das Blitzen seiner Augen verstärkte ihre Unsicherheit nur noch. „Was kann ich nicht machen?" Fast sorglos stellte er diese Frage. Beide erhoben sich wieder, Benedikt blieb still sitzen und wartete.

„Sie können den Kleinen doch nicht einfach den ganzen Tag hier lassen, die anderen Eltern bleiben zwei Stunden hier. Das steigert sich dann und am dritten Tag kann das Kind drei Stunden alleine hier bleiben. Erst ab dem sechsten Kindergartentag ist es möglich, die notwendige und gewünschte Zeit einzuhalten. Und, " atemlos setzte sie fort, „im ersten Halbjahr empfehlen wir eine Abholzeit um spätestens 13.30 Uhr!"

So, nun war es raus. Benedikts Vater schaute sie nur an. Anna-Maria hatte mit Widerspruch oder Ärger gerechnet, vielleicht sogar mit Verständnis. Doch da kam nichts. Das Schweigen war kaum auszuhalten. Deswegen setzte Anna-Maria nach: „Herr Berger, haben Sie mich verstanden?" Der Mann nickte. Er nahm Benedikt auf seinen Arm. Jetzt waren alle drei Augenpaare wieder auf einer Höhe. „Ich brauche Ihre Hilfe. Bitte machen Sie eine Ausnahme." Er sagte es leise und es klang fast wie das „Mir bitte lieb machen" vom Tag zuvor.

Dabei hob er Benedikt ein Stück weiter hoch und schickte sich an, ihn Anna-Maria zu übergeben. Reflexartig hob sie die Arme und schwups spürte sie Benedikts klopfendes Herz neben dem ihren. Sie konnte nichts mehr sagen, der Vater eilte bereits davon. Sie schob den kleinen Buben auf ihre rechte Hüfte und flüsterte „Wir werden das schon schaffen, Benedikt, gell?" An diesem Tag blieben die Tränen in den Augen stehen als Schnuffel wieder mit Benedikt in der Kuschelecke saß. Der Kleine schaffte es auch aufs Klo und beim Mittagessen saß er auf Anna-Marias Schoß. Am Nachmittag spielte er

sogar ein wenig mit einem der Kinder. Nach einer Woche war vieles schon Gewohnheit. Es lief besser als Anna-Maria es vermutet hatte.

Und immer, wenn er überfordert oder besonders müde oder alleine war, kam Benedikt zu ihr. „Mir bitte lieb machen", sagte er dann und Anna-Maria nahm ihn in den Arm.

Morgendlich beim Bringen und nachmittags beim Abholen strahlte der Vater sie an. Einmal brachte er frisches Obst mit, ein andermal Blumen. Jedes Mal, wenn sich ihre Augen begegneten, spürte Anna-Maria Schmetterlinge im Bauch. Gerne half sie diesem Mann, der es offensichtlich auch zu schätzen wusste. Schließlich nach zwei Monaten lud er Anna-Maria zum Essen ein.

Benedikt konnte für einen Dreijährigen noch nicht besonders gut sprechen, doch von seiner Mama hatte er schon berichtet. Auch der Ring am Finger des Vaters sprach von einer ganz normalen Familie.

Nein, Anna-Maria würde nicht mit ihm essen gehen. Keinesfalls.

So eindeutig sagte sie ihm das auch. Sie erschrak fast als sie bemerkte, wie sich seine Ausstrahlung veränderte. Kühle strahlte er aus, der Glanz wich aus seinen Augen. „Dann eben nicht. Schade." Das war alles, was er noch sagte. In den Wochen darauf schickte er Benedikt alleine in die Gruppe. Wenn er ihn abholte, winkte er ihm bereits von draußen zu. An Anna-Maria schaute er vorbei, er verabschiedete sich einfach so ganz allgemein in die Gruppe hinein.

Benedikt behielt seinen Sonderstatus ein ganzes Jahr lang. Anna-Maria hatte ihn als Schutzbefohlenen angenommen und die Helferin sah darüber hinweg. Der kleine Bub war ihnen ans Herz gewachsen und sie wollten ihr Möglichstes tun, um seinen Weg ins Leben fröhlich zu gestalten.

Kurz vor den Sommerferien wurden die Anmeldungen für den Sommerkindergarten verteilt. Sechs von acht Ferienwochen würde der Kindergarten geöffnet sein.

Diesmal blieb Herrn Berger nichts anderes über, als mit Anna-Maria zu sprechen. Sie hielt die gelben Anmeldungen in der Hand und teilte sie aus. Als er sie ansah, zuckte sie zusammen. Was war mit diesen herrlichen Augen geschehen? Das helle Blau hatte sich in ein dunkles Grau verändert. Sie konnte das so nicht stehen lassen. Soviel Liebe für Benedikt und kein Kontakt zu seinem Vater. Das war nicht mehr auszuhalten. „Das sind die Anmeldungen zum Sommerkindergarten, wir freuen uns wenn Benedikt kommen kann", versuchte sie einen zaghaften Anfang. Die Schmetterlinge in ihrem Bauch erwachten langsam aus einem langen Schlaf. Seine Augen veränderten sich nicht. „Herr Berger, ist Ihnen nicht gut?" Jetzt reagierte der großgewachsene Mann. Er nickte.

„Setzen Sie sich doch, bitte." Anna-Maria spürte die Einsamkeit, die ihn umgab wie eine bleierne Wand zwischen ihnen. „Ich habe eine Versetzung ins Ausland beantragt. Benedikt wird nicht mehr kommen."

Anna-Maria setzte sich neben ihn. Der kleine Bub war gerade dabei gewesen, sich pudelwohl zu fühlen und sein Strahlen zu erinnern. Nun sollte er wieder herausgerissen werden?

Vorwürfe hingen im Raum und der Mann fing sie auf. „Ja, ich weiß schon, was jetzt kommt, Sie sind nicht die erste. Doch ich halte das einfach nicht länger aus!" Anna-Maria legte die Zettel aus der Hand und wartete ab. Fast wie zu sich selbst fuhr der Mann fort: „Sie waren meine einzige Hoffnung hier, ich habe Benedikt wegen Ihnen hier angemeldet. Alle haben berichtet, dass Sie wahre Wunder vollbringen können." Anna-Maria schluckte und hob die Hand, wie sie das sonst auch tat, um abzuwinken. Noch immer schwieg sie und er fuhr fort: „Sie haben Benedikt geholfen, doch mir können Sie nicht helfen. Oder Sie wollen es auch nicht. Es war falsch, mir Hoffnungen zu machen. Wahrscheinlich sind Sie längst glücklich. Das geht mich auch gar nichts an."

Seine Bewegungen wurden fahriger, er strich sich durchs Haar, richtete sich wieder auf und sagte abschließend und bestimmt:" Darum ziehen wir um." Jetzt blickte er wieder auf. Ein heller Schimmer zog sich durch die dunklen Augen.

„Entschuldigen Sie bitte. Was ich sagen wollte, war danke, ich wollte mich bei Ihnen bedanken. Benedikt hat sie in sein Herz geschlossen.

Er hat sich so gut entwickelt und das haben wir nur Ihnen zu verdanken." Anna-Maria konnte nicht anders. Fast wie einem ihrer Kinder legte sie ihm ihre Hand auf die Schulter und blickte ihm in die Augen. Einen Augenblick lang schien es, als ob sich ein Ausweg auftäte. „Herrmann, was treibst du mit der Schlampe!!!" erklang es plötzlich schrill.

Anna-Maria zuckte zusammen und zog ihre Hand zurück. „Jetzt nimmst du sogar schon mit diesen Kindergartentussis vorlieb, du bist echt ein armes Schwein!" Die aufgedonnerte blonde Frau, die im Garderobengang aufgetaucht war, lachte laut. Ihr Lachen klang schrill, es ging Anna-Maria durch Mark und Bein. Schnell stand sie auf und strich sich ihren Jeansrock zu Recht. „Frau Berger, es tut mir leid."

„Ach halt doch das Maul, er gehört mir, verstehst du? Und der Kleine auch! Nur mir! Was du mit ihm gemacht hast, war unnötig! Er wird es nie kapieren, der blöde Balg." Anna-Maria wandte sich ab und ging so schnell sie konnte wieder zu den Kindern zurück. Welcher Albtraum lief hier ab?

Herr Berger war langsam aufgestanden und hatte sich vor die Gruppentür gestellt. Er nahm sein Mobiltelefon aus der Jackentasche und wählte eine Nummer, während seine Frau auf ihn zukam und sich lasziv an ihn lehnte. Als Anna-Maria durch die Scheibe blickte, umarmte er sie gerade liebevoll. Es war wie ein Schlag in die Magengrube. Ihr Blick fiel auf Benedikt, der fröhlich im Garten in der Sandkiste saß. Das machte es nur noch schlimmer.

„Frau Mag. Bernsteiner?" eine tiefe Männerstimme holte sie wieder aus ihrer Trance. Zwei Polizisten standen direkt hinter ihr. Das Öffnen der Türe hatte sie gar nicht bemerkt. „Verzeihen Sie bitte die Störung. Frau Berger ist heute Morgen aus der psychiatrischen Klinik entflohen.

Die Ärzte haben sich dort schon Sorgen gemacht, dass ihr etwas zugestoßen sein könnte. Zum Glück haben wir sie hier bei Ihnen jetzt finden können. Haben Sie vielleicht ein Glas Wasser für die Frau?" Anna-Maria nickte stumm. Um zur Küche und zu einem Glas zu gelangen musste sie an der Frau vorbei, das behagte ihr gar nicht.

Frau Berger saß jetzt ganz ruhig zusammengekauert neben ihrem Mann und wimmerte. Er hielt sie fest umschlungen und Anna-Maria bemerkte, dass er sie festhalten musste. Es war keine Liebe mehr, nur noch große Sorge. In der Küche griff sie nach einem

Glas, um es im Augenblick wieder wegzustellen. Ein Kunststoffbecher würde besser sein.

Sie griff nach dem dunkelblauen Kinderbecher und füllte ihn mit frischem Wasser. Damit kehrte sie in die Garderobe zurück. Sie reichte den Becher in Richtung der Frau. Nichts passierte. Einer der Beamten bemerkte die unmögliche Situation und setzte sich auf die andere Seite der Frau. Fast unbemerkt hakte er sich bei ihr unter und verfestigte seinen Griff. Jetzt konnte Herr Berger seine Umarmung lockern und griff nach dem Becher, um seiner Frau einen Schluck Wasser einzuflößen. Zuvor nahm er ein kleines Briefchen aus seiner Brusttasche und bat Anna-Maria das darin befindliche Brausepulver ins Wasser zu leeren. Sie tat es einfach. Sie vertraute ihm.

Benedikt kam hereingelaufen. „Anna-Maria, muss Lulu!" rief er aus und stürmte auf die Toiletten. Alle Anwesenden erstarrten in ihrer Hilflosigkeit. Als er wieder herauskam und seine Mama mit dem Vater und dem Polizisten erblickte, gesellte er sich zu ihnen und setzte sich auf ihren Schoß.

Das Brausepulver begann zu wirken und Frau Berger lächelte milde. Herr Berger zwinkerte Benedikt zu. Jetzt kam der entscheidende Satz:

„Benedikt, sag jetzt Tschüss zur Mama, sie hat eine wichtige Aufgabe, du weißt schon, bei der Polizei. Sie wird nicht sehr viel Zeit für uns haben. Vielleicht ziehen wir beide einfach ans Meer und besuchen sie nur ab und zu?"

Die Frage blieb im Raum stehen. Benedikt schmiegte sich an seine Mama. Er musste niesen, das Parfüm roch wohl zu stark. Das klang ulkig und daraufhin musste er lachen. „Gut, Mama Polizei, Papa und Enedik Meer!" Mehr hatte er nicht zu sagen. Hüpfte von seiner Mutter Schoß und stürmte wieder in den Garten. Frau Berger kam mit den Polizisten. Herr Berger erklärte Anna-Maria den Rest.

Sie würden mit einem Au-pair Mädchen leben, das bereits jetzt ihren Alltag kennenlernte und dann mit nach Kroatien übersiedeln würde. Sie war ohnehin Kroatin. Seine neue Arbeitsstelle würde zwar nicht so gut bezahlt werden, doch es war jetzt einfach wichtig Abstand zu gewinnen. Abstand gewinnen. Das war es, was Anna-Maria wohl auch musste. Wieder einmal. Genauso wie bei dem kleinen Mädchen, das schwerhörig zu ihr gekommen war und dessen Eltern die Schwerhörigkeit leugneten.

Anna-Maria hatte damals den sonderpädagogischen Heilbedarf bestellt und danach hatte ihr die damalige Kindergartenleiterin untersagt, ihn zu verwenden.

Sie würde dem Mädchen nicht gut tun, sagten die Eltern und nahmen das Kind aus dem Kindergarten. Oder diejenige Familie, die Anna-Maria dafür verantwortlich machte, dass die Zwillinge ein Jahr später eingeschult werden konnten. Angeblich nur, weil Anna-Maria mit ihnen nicht ausreichend geübt hatte.

Die beiden Kinder hatten mittelmäßige Lernstörungen und hätten in einen Integrationskindergarten gehört. Schweren Herzens hatte sie damals einer Aufnahme zugestimmt, obwohl sie gar nicht qualifiziert genug war. Die Zwillinge genossen eine lehrreiche und unbeschwerte Zeit in ihrer Gruppe. Schulreif waren sie allerdings erst mit sieben. Die Eltern gaben dem Kindergarten die Schuld. Der gute Mut hatte sich bitter gerächt.

„Eins, zwei drei, vier, fünf" schlug die Kirchenuhr laut.

Es war Zeit nach Hause zu gehen. Der Gedanke an ein Seminar tauchte auf, von dem sie vor kurzem gelesen hatte. Zu intensiv hatten sie die Erinnerungen heute eingeholt.

Yasmins Mutter bog auch schon um die Ecke. Zu dritt gingen sie durch das große Tor. Dahinter trennten sich ihre Wege. Jeder durfte in sein eigenes Leben. Zum Glück!

Eine ganz normale Familie
Franz Watzka

Franz Watzka tanzte vor Freude. Das Kind war geboren. Seit Rose den Test auf den Frühstückstisch gelegt hatte, zelebrierten sie die Vorfreude auf das Wunder. Lange schon waren sie dabei ein Kind zu zeugen, doch es hatte nicht klappen wollen. Dann endlich standen die Zeichen auf Empfängnis und Rose war schwanger. Wunderschön schwanger noch dazu.

Rose war von der Natur nicht allzu sehr beschenkt worden. Eher klein und unscheinbar, empfindliche Haut und dünnes Haar bescherten ihr in ihrer Jugend mehr spöttisches Gelächter, denn spannende Rendezvous. Auch ihre Lernerfolge und ihr kluger Kopf nützten hier nicht viel. So wandte sie sich eines Tages nur noch ihren Büchern zu und verbrachte die meiste Zeit auf ihrem Arbeitsplatz in der großen städtischen Bibliothek. Gleich neben dem Stadtpark.

Dorthin kam eines Tages auch Franz. Er kam, sah und siegte. Der Mann aus einfachsten Verhältnissen erkannte Rose mit seinem Herzen. Er war groß, braungebrannt und blauäugig, jedoch von schlichtem Verstand. Seine Arbeit als Bauarbeiter erledigte er fleißig und genau. Selten trank er Alkohol, meistens nahm er ein ordentliches Stück Brot mit harter Wurst und eine große Flasche frisch gepresster Zitronenlimonade mit auf die Baustelle. Dass die anderen manchmal lästerten, störte ihn nicht. Die beiden trafen sich zufällig auf einer Parkbank. Franz mit seinem Jausenrucksack und Rose mit ihrem aktuellen Lieblingsbuch und einer Packung Schokoschnitten. Sie saß schon da und er fragte um den zweiten Platz. Ganz offen und ehrlich. Keine Spur von Anmache oder Übergriff. Sie bot ihm eine Schokoschnitte an und er zog einen faltigen Kunststoffbecher aus dem Rucksack, um seine Limonade mit ihr zu teilen. So einfach war das.

Jahre später war Rose schwanger. Ihre Haare kamen dichter nach und ihr Körper blühte auf. Das Kind in ihrem Bauch ließ sie förmlich wachsen und strahlen. Es war ein Geschenk vom lieben Gott, soviel stand für die beiden fest.

Als die Gynäkologin zusätzliche Untersuchungen anriet, weil sie eine Behinderung des Kindes vermutete, lehnten sie ab.

Wer immer ihnen geschenkt worden war, sie würden damit leben können. In der geräumigen Wohnung im Erdgeschoss mit der kleinen Terrasse und dem Fleckchen Grün.

Ihre Umgebung schüttelte den Kopf. Doch das waren sie ohnehin schon gewöhnt. Wichtig war ihnen eine Familie zu werden. Eine ganz normale Familie. Marie oder Jonathan würde es heißen.

Jetzt war er da. Jonathan. Ein kräftiger kleiner Junge mit hellblauen Augen. Rose hatte ihn auf natürliche Art geboren und Franz waren die Tränen in den Augen gestanden, als er die Nabelschnur durchtrennte. Schon beim Waschen bemerkte er, dass Jonathan den linken Arm hängenließ. Die Hebamme lächelte ihm zu und holte die Ärztin zurück. Ja, Jonathan würde genauer untersucht werden müssen, hieß es.

Rose war von der Geburt noch schwach, doch stark genug um sich einzumischen. „Das mag ja alles sein, Sie können Joni gleich untersuchen. Doch zuerst legen Sie ihn mir bitte auf den Bauch. Nichts habe ich mir mehr gewünscht." Die Ärztin zögerte. Diesen Moment nutzte Franz, um den Säugling einfach wieder aus ihren Armen zu nehmen. Flugs lag er auf Roses Bauch und das Zimmer tauchte in ein rosafarbenes, warmes Licht, das wohl nur die beiden Eltern wahrnehmen konnten.

Franz legte den Arm um seine Frau und dankte dem Herrgott. Joni war gesund, sein Herz schlug und die Lungen pumpten, alles andere bekamen sie hin. Ganz bestimmt.

Der Mund des Säuglings suchte die mütterliche Brustwarze und schnuffelte daran wie ein kleines Tierchen. Das entlockte auch der Ärztin und der Hebamme ein Lächeln. „Ich komme in einer halben Stunde wieder und hole Jonathan ab. Angelika bleibt solange in der Nähe." Damit verließ sie den Raum und die Hebamme begann, die Geburtsutensilien zu versorgen. Jonathan atmete den Duft seiner Eltern und döste friedlich vor sich hin. Der

Oberarzt traf die Ärztin am Gang und fragte „Alles gut verlaufen bei der Geburt?" Da lächelte sie abermals und nickte.

Viel später an diesem Abend stand die Diagnose fest. Jonathan Watzka würde Zeit seines Lebens damit leben müssen, dass er eine Fehlbildung beider Arme hatte. Wahrscheinlich würden moderne Prothesen helfen können. Ein Herzchirurg würde er nicht werden können, doch ein Basketballspieler allemal. So sagte es die Ärztin.

Rose und Franz hörten aufmerksam zu und blickten den Kleinen an. Ein Herzchirurg nicht, doch ein Basketballspieler allemal. Wie auf Kommando begann Joni zu schreien. Es schien, die Stimmung war ihm zu bedrückend.

Franz erfasste die Lage als erster, schnappte ihn und hielt ihn hoch. Auge in Auge sagte er laut und deutlich:"Jonathan Watzka, Basketball ist viel lustiger als Herzchirurgie. Du hast das große Los gezogen!" Die Ärztin, die Hebamme und Rose sahen sich an. Sie ließen Franz den Kleinen wiegen, bis er wieder beruhigt war. Erst dann wagten sie es, einander zuzunicken. Die Ärztin verabschiedete sich auf den nächsten Tag, die Hebamme zeigte Franz das Wickeln. Dann ließ sie die Drei allein.

„Geh nach Hause und schlaf dich aus. Wir brauchen dich morgen wieder, " flüsterte Rose ihrem Mann zu. Morgen und ein ganzes Leben lang klang es in ihr nach. Erschöpft schlief sie ein. Die rechte Hand in das kleine Gitterbettwägelchen gehängt, das neben ihrem Bett stand.

Nach einigen Stunden wachte sie auf, weil Jonathan weinte. Wie die Hebamme es ihr gezeigt hatte, nahm sie ihn aus dem Bettchen und legte ihn an ihre Brust. Gleich fand sein Mund die Warze und nuckelte daran. Noch kam keine Milch, noch diente es nur der Beruhigung. Als er sich mit seinem ganzen Körperchen ihr entgegenstreckte und nach der Brustwarze schnappte, fühlte sie es deutlich: Er wird zurechtkommen in seinem Leben. Auch wenn seine Arme nicht normal waren, Jonathan war stark genug. Miteinander schliefen sie wieder ein. Um fünf Uhr morgens kam die Nachtschwester vorbei und zeigte Rose wie der Kleine zu wickeln war. Nähren und wickeln und lieben. Das war jetzt das Wichtigste.

Franz war für ein paar Stunden Schlaf nach Hause gefahren. Als erstes hatte er die Kerze im Herrgottswinkel angezündet. Seit Jahren ging er nicht mehr in die Kirche, doch an die höchste Instanz im Himmel glaubte er fest. Wenn Jonathan in ihr Leben gekommen war, würde das bestimmt gut werden. Gleich als der Morgen dämmerte und der Bäcker um die Ecke seinen Laden aufsperrte, ging Franz wieder los. Ein mürbes Kipferl wollte er Rose mitbringen, das war ihr Lieblingsgebäck.

Im Krankenhaus empfing man ihn freundlich. Auch den Schwestern und der Ärztin brachte Franz etwas mit. Einen ganzen Sack mit Semmeln, Kornspitzen und einem Laib Brot stellte er in der Kaffeeküche ab. Rose bekam koffeinfreien Kaffee, das wollte sie so. Sie strahlte, als Franz seinen Kopf durch die Türe steckte. Jonathan lag auf ihrem Bauch und schnaufte. Seine Ärmchen waren gut auf Rose gelagert. Das Kipferl musste warten, zuviel gab es zu erzählen über die erste gemeinsame Nacht. Schließlich war es doch soweit, Franz nahm den Kleinen in seine Arme und Rose tippte das Kipferl in ihren Kaffee.

Zu all der Dreisamkeit stieß eine neue Ärztin. Bei der morgendlichen Übergabe hatte sie von dem neuen Baby mit der Behinderung gelesen. In ihr war mehr der karrieremäßige Ehrgeiz, denn die menschliche Anteilnahme erwacht. Deswegen wollte sie den außergewöhnlichen Buben schnellstmöglich zu weiteren Untersuchungen abholen.

„Ja wo ist denn unser kleiner Held?" waren die ersten Worte, die über ihre Lippen kamen. Ihre Stimme klang hoch und ihre Kurzatmigkeit erzeugte Unruhe. Es lagen zwei andere Frauen in Roses Zimmer. Jonathans Behinderung drängte sich nicht auf. Deswegen fühlten sich Rose und Franz auch gar nicht angesprochen. Sie plauderten weiter. Jonathan schlief. Die neue Ärztin zupfte an dem ersten Baby. Sie wandte sich ab und tätschelte das zweite. Die Mütter beobachteten ihr Tun mit fragendem Blick doch ohne Worte. Schon leicht genervt ob der

Teilnahmslosigkeit der Anwesenden zerrte sie an Jonathans Ärmchen.

„Ah, da ist es ja, unser Forschungsbaby". Zu schnell war die Formulierung über ihre Lippen gerutscht. Die Luft im Zimmer gefror.

„Ich meine, also, es ist einfach etwas Besonders, wenn ein Kind nicht normal zur Welt kommt. Verzeihen Sie bitte." Mit hochrotem Kopf verließ die neue Ärztin den Raum. Sie ärgerte sich, dass sie ihren Auftritt vermasselt hatte und Jonathan nicht gleich mit in die Neurologie nehmen konnte. Das erledigte wenig später eine der Schwestern.

Franz war gerade kurz an die frische Luft gegangen. Jonathan bekam von Rose eine frische Windel. „Frau Watzka, Jonathan soll noch einmal genauer untersucht werden. Wenn Sie möchten, dann können Sie mitkommen." Das fühlte sich um Welten anders an, als die neue Ärztin es formuliert hatte, dennoch blieb ein Rest von Unbehagen. „Nein, danke, ich möchte mich lieber ausruhen." antwortete Rose. „Ist es möglich, dass mein Mann mitkommt?" Die Schwester wusste es nicht. Sie ließ sich zu einem mutigen „Wahrscheinlich schon", hinreißen. „Gut" setzte Rose fort. „Dann kommen Sie bitte in ein paar Minuten wieder, Franz muss gleich wieder zurück sein."

Die Schwester nickte und ging hinaus. Draußen setzte sie sich auf einen der Besucherstühle. Sie wollte warten, bis Herr Watzka kam. Es war sicherer, gleich mit ihm zur neuen Ärztin zu kommen, als nachzufragen und abgewiesen zu werden. Ihr Pieper fiepte.

Zum Glück bog Franz gerade um die Ecke und die Schwester bat ihn, mit Jonathan mitzukommen. Diese Untersuchung war eine von vielen, die auf Jonathan in seinem Leben zukamen. Mal waren die Ärzte humorvoll und fröhlich, ein andermal ernst und kritisch.

Die Watzkas gewöhnten sich daran. Jonathan trug am linken Arm eine Prothese, der rechte Arm konnte durch regelmäßiges Training und Physiotherapie ohne technische Behelfe auskommen. Er war nun kürzer als der linke, doch Jonathan kannte es nicht anders. Der Techniker der Prothesenfirma hatte es dem Buben angetan. So war es für ihn nicht schwierig, immer wieder zur neuen Anpassung zu fahren. Dort lernte er vieles über die künstlichen Körperteile und deren hohe Perfektion.

Sie fanden für den Kleinen eine Tagesmutter, Rose arbeitete wieder ein paar Stunden und wollte Joni gut versorgt wissen. Die Tagesmutter sprach Jonathan gleich auf seine Arme an. Die Eltern erzählten die Basketballspieler-Geschichte. Am dritten Tag bei der Tagesmutter schenkte sie ihm einen kleinen Basketball. Das war alles. Ab diesem Tag war er ein Kind wie jedes andere. Die anderen Kinder lernten ihn genauso kennen und mochten ihn.

Im Kindergarten war es schon etwas komplizierter. Schon bei der Anmeldung wies man die Watzkas darauf hin, dass es keine Chance für einen Integrationsplatz gäbe und daher auch keine spezielle Fördermöglichkeit. Und es sei gar nicht so sicher, ob Joni überhaupt…Erst das dritte Gespräch mit der zuständigen Beamtin öffnete die Tür.

Jonathan durfte in den ganz normalen Kindergarten. Diesmal brachte er selbst einen Basketball mit. Seine Beine waren fit, er hatte wieder und wieder trainiert. So kam es, dass die anderen, auch die älteren Kinder, nur so staunten, wenn der kleine Zwerg mit den seltsamen Armen die Körbe warf. Die Kinder waren also kein Problem, die Kinderbetreuer auch nicht. Die Watzkas hätten ein ganz normales Leben haben können, wenn da nicht…

Ja, wenn da nicht die vielen anderen Erwachsenen gewesen wären, die sich Gedanken um die Familie machten.

Die sich einmischten bei jeder Kleinigkeit und das große Glück abwerteten, wo immer es ihnen möglich schien. Zum Beispiel die durchtrainierte Mittelschulprofessorin aus der Nachbarschaft. Sie nahm jede Gelegenheit wahr, Franz zu sagen, dass es unverantwortlich sei, ein verkrüppeltes Kind zu haben. Denn schließlich würde es doch einmal alleine leben müssen und was sollte es dann tun ohne die Eltern?

Die Professorin war geschieden und lebte allein in einer ganzen Doppelhaushälfte. Kinder gab es keine und den Exmann erwähnte sie nicht. Manchmal bekam sie Besuch. Meistens sah man sie joggend, radfahrend oder im Garten Gymnastik treibend. Eines Tages ließ sie sich ein Schwimmbiotop bauen.

Dann konnte Rose sie von ihrem Schlafzimmerfenster aus auch noch schwimmen sehen. Lächeln hingegen sah man sie selten. Franz schüttelte jeweils nur den Kopf. Rose wich der Professorin aus. Vom ersten Tag an, als sie mit Jonathan heimgekommen war und gleich auf der Gasse mit einem „Ach, Frau Watzka, na ja, was will man von einer Spätgebärenden auch anderes erwarten" begrüßt wurde. Im Stillen hatte sie geweint. Jonis Lachen machte es wieder gut. Doch gegenüber der Professorin blieb Rose vorsichtig.

Oder die dicke Frau im Supermarkt, die sich kaum noch bewegen konnte. Jedes Mal, wenn Joni zum Einkaufen mitkam, sprach sie ihn an. „Na du armer, kleiner Bub. Hast es auch nicht leicht, gell?" Der Müllmann hingegen war ein Freund der Watzkas. Seit Joni mit seiner Mama beim Küchenfenster auf die Gasse geblinzelt hatte und gewinkt hatte. Rose musste das Ärmchen bewegen, so wie tausend andere junge Mütter auch, deren Babys das noch nicht selbst tun können. Der Müllmann bemerkte die Behinderung erst, als Joni auf eigenen Beinen in seine Richtung stolperte. Dabei fiel die blitzende Prothese in den Blickwinkel des Mannes.

Er kniete sich zu Joni hinunter und sagte leise: „Joni, du hast da ja etwas ganz Besonderes, zeigst du mir das bitte?" Seither hatte Joni ihn ins Herz geschlossen. Immer wenn er wieder etwas dazugelernt hatte, führte er es dem Müllmann vor. Und der wiederum brachte ihm meistens etwas zu naschen oder frisches Obst mit.

In Roses Büro bewunderten die meisten Kolleginnen die zarte Frau um ihre große Aufgabe mit dem behinderten Buben. Nur manchmal fielen auch dort zweifelnde Worte. Rose spürte die Blicke und die Fragezeichen in den Augen, wenn sie von den herrlichen Wochenenden berichtete. Auf der Sommerrodelbahn oder bei der Bergwanderung, vom Museumsbesuch oder dem Spaziergang. „Aber schwimmen wird er nie können, gell?" fragten sie dann oder „Aber aufpassen musst du schon immer sehr, gell?" oder „Aber ohne euch wird er das nicht schaffen, seufz…" Jonathan war gerade sechs.

Bei keinem anderen Kind stellte sich die Frage, ob es alleine Berg wandern oder schwimmen gehen würde. Es war einfach zu blöd! Trotzdem kostete es Rose viel Energie, ruhig zu bleiben. Sie schaffte es, weil sie nur an Joni denken musste und schon spürte sie den Segen seiner Anwesenheit auf Erden.

Franz erzählte erst gar nicht viel. Es ging niemanden etwas an. Manchmal machte das seine Miene ernster und seine Freude getrübter.

Am Schönsten waren die Sonntagmorgen im großen Ehebett. Joni kroch in aller Früh zu den Eltern und sie kugelten alle drei herum, liebkosten einander und dösten gemeinsam bis zum Aufstehen.

Bald war Jonathan schulreif. Die Kindergartenpädagogin stimmte dem ebenso zu wie die Volksschuldirektorin. Er würde vielleicht langsamer sein beim Schreiben, doch für die ersten vier Schulstufen gab das Gesetz zum Glück fünf Jahre Zeit. Jonathan kam in eine Klasse mit zwei türkischen Kindern, einer Polin, einem Mädchen, das die Klasse wiederholte und einem Mädchen, dessen Vater schwarz war. Dann noch einem Buben, der wegen Verhaltensauffälligkeiten im Kindergarten in der dazugehörigen Volksschule abgelehnt worden war. Die Eltern waren umgezogen und die Volksschule in Jonis Ort hatte ihn aufgenommen. Und viele andere ganz normale Kinder. So stand es im Infoblatt der Schule. Jetzt war es also schriftlich an die Gemeinde verteilt worden. Joni ist nicht normal.

Sie waren ein bunter Haufen und gesegnet mit zwei wundervollen Lehrerinnen. Zum Glück eine Integrationsklasse und keine Diskussion um seine Aufnahme. Pech nur diese Zeilen im Gemeindeblatt. Für die Watzkas verschärfte sich die Lage in ihrer direkten Umgebung. Wie die Mutter denn überhaupt berufstätig sein konnte, mit so einem Kind. Wie der Vater sich anmaßte, von einem ganz normalen Kind zu reden. Wie sich die beiden die Wohnung überhaupt leisten konnten, bei all den Ausgaben für die medizinischen und technischen Behelfe.

Franz Watzka fuhr schon längst nicht mehr mit Joni zur Physiotherapie. Er ging dort alleine hin und nahm die neuen Übungen für Joni mit. Nur alle paar Monate vereinbarte er einen Einzeltermin. Er wollte Joni nicht das Gefühl geben, einer von vielen Krüppeln zu sein. Manche der Eltern dort behandelten ihre Kinder abscheulich. So, als ob die Kinder Schuld hätten an ihrer Behinderung. Was er nicht wusste, war, dass das in vielen Arztpraxen für „normale" Kinder genauso vor sich ging. Eltern reagierten ihren Kindern gegenüber aggressiv. Krank hieß betreuungsintensiv. Das passte nicht in ihre Erfolgswelten.

Der Schwimmkurs für Joni würde teurer sein, der Schwimmtrainer gehörte ihm dafür ganz allein. Die neue größere Prothese brauchte eine höhere Zuzahlung. Das alte Auto brauchte dringend ein Service. Deswegen nahm Franz zur Deckung der Kosten einen Hilfsarbeiterposten bei der Gemeinde an. Zusätzlich zu seiner Arbeit machte er die halbe Frühschicht bei der Straßenreinigung.

Wieder wurden böse Stimmen laut, dass die Watzkas doch überfordert seien mit dem Kind. Und dass sie es doch gewusst hätten. Es heißt doch die Gynäkologin hätte sie gewarnt. In Zeiten wie diesen muss man doch verantwortungsvoll genug sein, so ein Kind…

Die Gynäkologin praktizierte im gleichen Ort. Weder Rose noch Franz hatten jemals mit jemandem über ihre Vermutung einer Behinderung gesprochen. Wie so oft waren die beiden fassungslos. Manchmal erstaunt. Meistens glücklich, eine ganz normale Familie zu sein.

An dem Tag, als sich alles veränderte, waren Rose, Franz und Joni in den großen Supermarkt gefahren. Manchmal taten sie das. Sie machten aus dem Einkauf einen Ausflug und Joni durfte sich eine Kleinigkeit aussuchen. Heute kauften sie Mineralwasser, Bier, Fruchtsäfte, Tee, Kaffee und allerlei anderes auf Vorrat. Beim Hinausgehen schob Franz den Einkaufswagen. Seine beiden Lieben gingen Hand in Hand vor ihm.

Franz sah den großen Mercedes zuerst. „Rose, pass auf! Stop!" schrie er. Rose blieb im Augenblick stehen und zog Joni zurück.

Der Mercedes hielt an. Franz ließ den Einkaufswagen bei Rose und Joni stehen und ging erbost zur Fahrertüre. „Sagen Sie einmal, das hier ist der Fußweg, haben Sie denn keine Augen im Kopf?"

Bedrohlich wirkte er dabei und der ältere Mann hinter dem Lenkrad zuckte zusammen. Er sah Franz verständnislos an. Seine Augen waren seltsam leer.

Franz erschrak. Er blinzelte kurz, bevor er die Frau am Beifahrersitz bemerkte. Sie weinte. Rund um das Auto bildete sich bereits eine Menschentraube. Es hieß handeln. „Kommen Sie, steigen Sie hinten ein. Ich stelle den Wagen an einer sicheren Stelle ab." Es war ein klarer Auftrag und der ältere Mann folgte ihm. Franz gab Rose ein Zeichen. Sie ging mit dem Einkaufswagen zu ihrem alten Auto räumte den Einkauf ein und hob Joni, unter dessen Mithilfe, in den Einkaufswagen.

Gemeinsam marschierten sie zu dem Platz, wo nun der Mercedes parkte.

Franz saß am Fahrersitz und der ältere Mann schien am Rücksitz eingeschlafen zu sein. Die Frau am Beifahrersitz zitterte. Hilfesuchend blickte sich Franz nach Rose um.

Zum Glück erreichte sie in diesem Augenblick den Wagen. Franz überließ ihr den Fahrersitz und erklärte Joni, dass hier wohl Hilfe notwendig war. Dann blieb er selbst recht hilflos neben dem Auto stehen. Joni begann zu singen.

Plötzlich begann die ältere Frau zu sprechen: „Es ist so ein Unglück! Mein Mann ist sein Leben lang mit Autos gefahren. Er kann es einfach nicht lassen. Dabei soll er doch nicht fahren. Er kann sich nicht mehr orientieren, kann sich nicht erinnern! Es wird wohl besser sein, wir verkaufen das Auto." „Aber wie kommen wir denn jetzt nach Hause?" Wieder weinte sie. Rose handelte pragmatisch. „Wissen Sie was, der Franz fährt Sie nach Hause. Ich fahre hinterher und dann passt das schon." Joni hörte aufmerksam zu und jubelte: „Jöh, dann kann ich endlich einmal mit so einem schönen Auto mitfahren!"

Bevor Franz oder Rose etwas entgegnen konnten, kletterte er aus dem Einkaufswagen und setzte sich auf die Rückbank zu dem schlafenden Mann. Wie ein Sonnenstrahl war das für die ältere Frau und sie lächelte. „Joni!" Rose und Franz sagten es fast gleichzeitig, doch die Dame unterbrach sie: „Joni heißt du? Also Jonathan? So ein Zufall, so heißt mein Mann doch auch! Natürlich kannst du mitfahren, Joni, schnall dich nur bitte gut an." So kam es, dass die Watzkas wenig später im Wohnzimmer von Herrn und Frau Dr. Mayerhofer saßen und Limonade tranken.

Frau Dr. Mayerhofer, die ehemals Kinderärztin gewesen war erfreute sich an Joni und berichtete ihm, dass es das Beste sei, wenn Kinder mit ihren Besonderheiten gut umgehen lernten. Denn schließlich bestünde das Glück des Lebens nicht aus gesunden Gliedmaßen allein.

An der Stelle, wo sie über die Krankheit ihres Mannes sprach, wurde ihre Stimme leise. War er doch selbst ein großartiger Neurologe gewesen, hatte er sich selbst nicht helfen können. Seine Symptome nannte sie schlicht: „Weißt du Joni, für den alten Jonathan ist jeder Tag neu. Er erinnert sich nicht mehr." Joni strahlte sie an: „Das ist doch gut! So kann jeder Tag ein wunderbarer Tag werden, oder Mama?!"

Die ganze Weisheit in siebenjährigen Worten. Und dann ging alles wie von selbst. Frau Dr. Mayerhofer lud Joni ein, öfter vorbeizukommen.

Sie fragte Franz, ob er denn vielleicht ab und an als Chauffeur zur Verfügung stehen könnte. Klarerweise gegen Honorar. Und sie bot ihm an, den Mercedes zu nützen. Am besten immer. Sie würde ihm ein Konto einrichten, von dem er jederzeit nehmen sollte. Dem alten Jonathan ist das ganz bestimmt recht. „Er hat immer gesagt. Geld schimmelt: Es gehört an die Luft!". Seit ungefähr einem Jahr sprach Dr. Mayerhofer nicht mehr, seine Frau hatte gelernt, von seinen vergangenen Sätzen zu leben.

Es war fast wie im Traum. Mit einem Schlag waren die Watzkas nicht mehr alleine in ihrer Welt. Franz kündigte den Hilfsarbeiterposten und machte sich nach seiner Arbeit auch im Haus und Garten der Mayerhofers nützlich. Rose konnte Joni an manchen Nachmittagen zu Frau Dr. Mayerhofer bringen und bekam beim Abholen auch noch Kuchen mit nach Hause. Der

Mercedes schnurrte brav in die Wohngegend der Watzkas, für die drei so etwas wie ein braver Gaul.

Franz imponierte die Zuverlässigkeit des Autos mehr als seine Größe. Joni genoss es, auf der Rückbank soviel Platz zu haben und wenn einer seiner Freunde mit von der Partie war, auf die Klimaanlage hinzuweisen. Die meisten seiner Freunde sagten dann: „Das haben wir auch!", doch für Joni blieb es einfach großartig, in diesem silbernen Auto mitzufahren.

Manchmal bat Frau Dr. Mayerhofer Franz bei ihrem Mann zu bleiben, während sie mit Rose ins Theater oder in ein Konzert ging. Sie bezahlte für alles, in dem sie das Konto regelmäßig gut nachfüllte und die Watzkas ermunterte: „Bitte, Kinder, kauft euch was. Zieht euch gut an, wenn ihr mit uns unterwegs seid!" Dabei zwinkerte sie Joni zu und Joni erinnerte seine Eltern daran, zu nehmen ohne ein schlechtes Gewissen zu haben.

Herr Dr. Mayerhofer blühte auf, er genoss die neuen Tage. Die Ausflüge mit dem Auto. Das Essen im Restaurant, das Lachen von Joni. Die gelöste Stimmung seiner Frau. Die Nachbarn der Watzkas, die Kollegen und die Umgebung staunten.

Und dann redeten sie wieder abwertend. Von Erbschleicherei gar oder kriminellen Vorhaben. Der materielle Neid schien ein noch schlechterer Berater zu sein als das Misstrauen. An einem solchen Abend fiel Rose im Internet der Banner auf. S u N. Selbst und Neu.

Es stimmte, es war alles neu und sie hatten Mühe, damit umzugehen. Verwunderlicherweise war es genauso schwierig, das äußere Glück zu teilen, wie zuvor das innere. Franz war manchmal ratlos und müde. Anstatt sich zu freuen, verschloss er sich. Er konnte mit dieser verlogenen Gesellschaft immer weniger anfangen.

Rose kam die Idee: Franz sollte dorthin gehen. Auf dieses Seminar. Er arbeitete hart und er sollte endlich auch glücklich und frei über alles reden können. Sich nicht verstecken oder zurückziehen. Gleich am nächsten Abend legte Rose ihm ein Anmeldeformular mit einer Haftnotiz hin. „Du, meldest du dich bitte dort an. Es ist sicher das Richtige für dich. Ich liebe dich!

Rose" Meistens folgte Franz seiner Frau. Diesmal zögerte er lange.

Schließlich füllte er den Bogen aus und warf ihn schnell in den Postkasten, um es sich nicht nochmals anders zu überlegen. Selbst und Neu – wie sehr wünschten sie sich, eine ganz normale Familie zu sein.

Bunte Blumen
Christian Berghammer M.A.

„Ding dong, ding dong, ding dong, ding dong," wieder war die Türglocke hängengeblieben. Wie immer wenn jemand zu fest drückte, klemmte sich der Schalter fest. Annabel lief die Treppen hinunter und öffnete die Tür. Der grobschlächtige Bote blickte sie griesgrämig an. Erst als sie das Läuten mit einem geschickten Handgriff zum Schweigen brachte, entspannte sich seine Miene. „Frau Annabel Rous?" Der Blick auf das Türschild brachte ihn nicht weiter. Annabel wohnte in dem herrlichen Haus zur Untermiete. „Ja!" Erwartungsfroh schaute sie dem Boten nach, als er zurück zum Lieferwagen ging, um etwas zu holen.

Einen Strauss orangefarbener Rosen streckte er ihr entgegen. Dabei murmelte er noch: „Bin ich froh, dass Sie daheim sind, heute ist ein seltsamer Tag, ich habe so viele unabgelieferte Sträuße. Ist doch so schad drum um die schönen Blumen." Annabel strahlte ihn an. Der Strauss war bestimmt von Christian. „Brauchen Sie eine Unterschrift?" fiel es ihr gerade noch ein. Doch der Bote winkte ab. „Nein, nein, das passt schon." Weil er gar so seufzend vor ihr stand, beschloss Annabel, ihm auch eine Freude zu machen. „Sagen Sie, was machen Sie denn mit den Blumensträußen, die nicht angenommen werden?"

„Nun, die kommen auf den Kompost, behalten oder verschenken darf ich sie leider nicht." Was für eine verrückte Welt, ging es Annabel durch den Kopf. „Und wenn ich Ihnen einen abkaufe, um einen reduzierten Betrag oder so?" „Das geht leider auch nicht, junge Frau, die Aufträge sind gezählt. Was nicht ankommt, geht zurück und die Kunden müssen nochmals bezahlen wenn sie nochmals zugestellt haben wollen. Blumen müssen schließlich frisch geliefert werden. Nur in Ausnahmefällen liefern wir ein zweites Mal gratis. Machen Sie sich darüber keinen Kopf, das ist eben so. Auf Wiedersehen und alles Gute noch für Sie!"

Er war weit entfernt von dem, was sich der Blumenversand von seinen Überbringern vorstellte. Einen charmanten aus der Tortehüpfer, der die Beschenkten gleich noch mit dem Folder des

Versandes und der wahnsinnig guten Idee des Blumenverschenkens durch denselben beglückte. Auch Annabel hatte er mehr zum Denken, denn zum Freuen angeregt. Es dauerte noch einige Minuten, bis sie sich wieder ganz den Rosen und ihrem Herzklopfen widmen konnte. Christian Berghammer schickte ihr Blumen. Orangefarbene strahlende Rosen.

Als sie sie anschnitt, bemerkte sie, dass sie sogar entdornt worden waren. Majestätisch und stolz verlangten sie nach einer größeren Vase als sie aufs erste finden konnte. Der Mostkrug würde es auch tun. Und er tat es.

Sie nahm den Krug mit hinauf in ihr kleines Zimmer. Der Duft der Rosen verbreitete sich schnell und Annabel badete förmlich darin.

Das Lernen ging nun schneller voran, was auch gut war, denn bald würden die beiden Kinder von der Schule nach Hause kommen. Der Palatschinkenteig war vorbereitet, das war eine leichte Übung.

Annabel kochte gern. Zum Haus gehörten ein kleiner Kräutergarten und ein paar Obststräucher und Bäume gab es auch. Die Familie war sehr erstaunt gewesen, als Annabel ihnen beim Vorstellungsgespräch erzählte, dass sie für ihr Leben gern Marmelade einkochte oder Apfelmus rührte. Sie studierte Ernährungswissenschaften, doch das Studium allein war ihr nicht lebendig genug. Das brauchte sie nur, um ihren Traum zu verwirklichen. Nämlich ein Ernährungsprogramm für Kleinstkinder, Schulkinder und Jugendliche zu entwickeln, das gut schmeckte, die Hirne am Laufen und die Herzen am Pochen hielt.

Schon in der Oberstufe ihres Gymnasiums war diese Idee geboren. Doch immer und immer wieder war sie an den diversen Stellen abgewimmelt worden. Als Magistra würde sich das ändern. Davon war sie überzeugt.

Kochsendungen und Ernährungsberater im Fernsehen boomten, die Lebensmittelindustrie diktierte die Produkte. Annabel wollte es anders machen, der Natur und dem eigenen Gespür folgend. Zu Familie Dönz war sie über ein Inserat auf der Uni gekommen.

Frau Prof. Dönz hatte nach einigen Jahren bei den Kindern wieder einen Lehrstuhl angenommen und war glücklich, nicht mehr für den alltäglichen Speiseplan zuständig zu sein.

Herr DI Dönz arbeitete in einem kleinen, höchst erfolgreichen Unternehmen, das die Wirksamkeit von unterschiedlichsten natürlichen Stoffen untersuchte und für medizinische Indikationen weiterentwickelte. Zum Beispiel für Mullbinden oder Venenwickel mit den Wirkstoffen der Natur. Nach einer Reise durch Indien, bei der ihm die ayurvedische Heilkunst begegnet war, machte er sich auf die Suche nach heimischen Kräutern und Helfern der Menschen.

In seiner Firma wurde das mit großem Interesse aufgenommen, seither leitete er diese Projektgruppe.

Für Annabel also der ideale Platz. Diese Gedanken huschten durch ihren Kopf, als sie den Rosenstrauß in einer kurzen Pause versonnen anschaute. Fürwahr, die Dönzens – so nannte Annabel sie in Kurzform, wenn sie alle vier meinte – hatten auch Blumen verdient. Kurz entschlossen legte sie den Bleistift zur Seite und rannte die Treppe hinunter. Nur ein paar Gassen weiter war ein großes Feld. Zurzeit lag es brach, weil es auf die Erbauung weiterer Doppelhäuser wartete, doch voller Wiesenblumen und Kräuter, die aus den umliegenden Gärten und Weinbergen herangeflogen waren und den umherstreichenden Katern als willkommener Dschungel dienten. Annabel pflückte Margeriten, Glockenblumen, Kleeblüten, Gräser, die sie nicht kannte. Von allem nur wenig, doch miteinander ergaben sie ein buntes Gebinde.

Wieder zuhause angekommen, frischte sie die Blumen in einem großen blauen Wasserglas ein. Wunderschön sah das aus.

„Eigentlich bin das viel mehr ICH" schoss es Annabel durch den Kopf.

„Sei nicht undankbar, der Rosenstrauß war bestimmt sehr teuer!" keppelte ihr Verstand dazwischen. Sie verwarf den Gedanken wieder.

Ach du liebe Zeit, sie hatte sich ja noch gar nicht bedankt! Schnell griff sie zu ihrem Mobiltelefon. Da stürmte das jüngere der beiden Kinder herein. Stefan. Annabel legte das Handy zur Seite und öffnete ihre Arme. Der Bub war ihr schon beim ersten Kontakt ans Herz gewachsen. Er war keck und fröhlich. Seine ältere Schwester Elvira spielte bereits in einer anderen Liga. Sie wollte anfangs so gar nicht einsehen, wozu Annabel in die Familie geholt worden war. Mit ihren dreizehn Jahren könnte sie die Mittagsroutine und den Aufgabenplan doch längst alleine bewältigen.

Zusätzlich vermisste sie die Geborgenheit, die sie jahrelang beim Heimkommen empfunden hatte. Die Mutter war meistens schon in der Türe gestanden, der feine Essensduft durch das Dunstabzugsrohr in die kleine Nase gestrichen. Die Umarmung, die darauf folgte, stellte die ursprünglichste Verbindung beider Herzen her. Ein liebgewordenes Ritual war es geworden, die Kinder nach der Schule in einer Art und Weise zu begrüßen, als ob sie von einer langen Reise zurückkehrten.

Annabel kochte jeden Tag frisch, der Essensduft blieb also erhalten.

Sie wagte es jedoch nicht, das Mädchen zu umarmen. Zu stark spürte sie die Sehnsucht der Kleinen nach dem Muttertier.

Ambivalent einfach, Elvira wollte groß sein und selbständig und diese Eigenschaft ihrer Umwelt beweisen. Andererseits bedeutete die Abwesenheit der Mutter, dass diese andere bedeutendere Lebensinhalte finden könnte.

Für die Dreizehnjährige tauchte ab und an die Vorstellung der vielen getrennten Elternpaare auf. Wenn Mama nun auch viel arbeitete, würde alles gut bleiben? Das alles stand im Tagebuch des hübschen, großgewachsenen Mädchens. Sprechen würde sie darüber wohl erst Jahre später.

Annabel spürte es nur. Da war etwas aufzulösen, was sich nicht mit Schokoladepalatschinken erledigte. Heute sprang sie über ihren Schatten. Nachdem sie mit Stefan gemeinsam den Palatschinkenteig zubereitet und die Rechenaufgabe gemacht hatte hörte sie Elviras Rad draußen im Radunterstand ankommen. Elvira kam nicht, sie erschien. So stellte sie auch ihr Rad hörbar ab und hüpfte dann singend durch den Vorgarten. Auf der dritten und letzten Stufe vor der Haustüre angekommen, stutzte sie. Annabel stand in der offenen Tür und lächelte sie an. „Herzlich willkommen, großes Mädchen!" sagte Annabel und breitete ihre Arme aus. Elvira wusste nicht, wie ihr geschah. Sie erwiderte ein „was ist denn jetzt los?"

Ihr Herz klopfte schneller und ihr wurde wohlig warm. Annabel antwortete nicht, sondern ging zurück in die Küche und machte weiter wie bisher. Es war höchste Zeit, mit Elvira so umzugehen, wie sie es im Inneren spürte. Durch eigene Unsicherheit hatte Annabel sich davon abhalten lassen. Ermutigt durch den Vormittag, an dem der Rosenstrauß sie so erfreut und der Blumenbote so verwundert hatte.

„Ach herrje, der Rosenstrauß! Ich habe mich noch gar nicht bedankt!" Gut erzogen, wie sie war, gehörte es sich, nach dem Empfang von Geschenken, Glückwünschen oder eben Blumen möglichst schnell zu danken. So hatte sie es gelernt, wenngleich sie manchmal daran zweifelte, ob es für den Beschenkten nicht auch zur Geißel werden konnte. Deswegen war sie auch geduldiger geworden, bei all den Glückwünschen die sie verschickte. Vor allem in der hektisch gewordenen Informationsflut per Handy gingen oft zauberhafte Momente des Wartens und der Sehnsucht verloren.

Das wollte sie nicht mitmachen.

Sie griff zu ihrem Handy und bat die Kinder kurz zu warten, es dauerte nicht lange. Elvira seufzte: „Wie die Mama…", Stefan redete weiter wie immer. „Hallo, mein Schatz" eröffnete Christian das Gespräch, bevor Annabel noch irgendetwas sagen konnte. „Geht es dir gut?"

„Ja, mir geht es gut, diese Rosen – Christian – ich…" Wie bedankt frau sich eigentlich für etwas, das ihre Gunst erringen sollte? Er nahm ihr die Formulierung ab. „Annabel, es ist jetzt schon nach vierzehn Uhr, jetzt sag bloß der Blumenbote ist erst jetzt gekommen.

Ich werde dort gleich nachfragen, du solltest doch am Morgen überrascht werden, damit es ein besonders guter Tag wird!". Bei Annabel stellte sich in der Magengegend das Gefühl ein, etwas falsch gemacht zu haben, nur was, wusste sie nicht. „Nein, nein, er war morgendlich da." Der Blumenbote hatte auch ohne den Anruf von Christian kein einfaches Leben und noch dazu entsprach der Wahrheit, was sie sagte. „Und du rufst jetzt erst an?" Pause.

„Annabel, ich hab Hunger!" verlautete Stefan aus der Küche und Elvira setzte nach „Ich mach das schon, Palatschinken kann ich, lass dir nur Zeit!" „Annabel, bist du noch dran?" Christians Stimme klang ungeduldig. „Ja, entschuldige bitte, ich muss jetzt das Essen für die Kinder herrichten. Bis später dann, gut?" Es fiel ihr gar nicht leicht, einen möglichst unbeschwerten Tonfall zu verwenden. „Ja, wir reden später weiter, ich muss ohnehin zu einem Termin", antwortete Christian. Und wieder legte sich dieser Nebel zwischen sie, durch den Annabel ihre eigenen Gefühle nicht mehr deutlich genug spürte.

Am späteren Nachmittag kam Herr Dönz in Annabels Zimmer. Stefan nahm am Kinderturnen in der nahegelegenen Sporthalle teil, Elvira war mit dem Fahrrad zum Volleyball unterwegs. Zwei ruhige Stunden, die wiederum den Skripten gehörten. Abendlich würde sie dann noch auf die Uni fahren. Die heutige Vorlesung gehörte zu ihren Fixterminen.

Herr Dönz klopfte an, doch sie hörte das Klopfen nicht. So trat er einfach ein und räusperte sich. Annabels Schreibtisch stand mit dem Rücken zur Tür und er wollte sie schließlich nicht erschrecken.

Jetzt drehte sie sich um und lächelte. „Guten Abend, ich habe sie gar nicht kommen hören!" Diesmal ging es ganz ohne Schuldgefühle und Nebel. „Das habe ich bemerkt, so vertieft warst du in deine Skripten." Er lächelte auch und die Stimmung in dem kleinen Zimmer hätte besser nicht sein können.

„Danke für die herrlichen Wiesenblumen, Annabel, ich habe sie gleich erblickt!" Erst jetzt wanderte sein Blick auf den Rosenstrauß. „Ähm, habe ich da etwas versäumt, vielleicht deinen Geburtstag vergessen?" Dabei schnitt er ein Gesicht, als ob er soeben in die sprichwörtliche Zitrone gebissen hätte. Annabel lachte laut auf. Wie unterschiedlich die Menschen doch sein konnten. „Nein, nein, den habe ich von Christian bekommen, einfach so." „Glaube ich", setzte sie noch hinzu.

Herr Dönz nahm die kleinen Kummerfältchen auf Annabels Stirn wahr. „So ein schöner Strauß, doch weißt du, mir gefallen die Wiesenblumen eigentlich noch besser, altmodischer Kerl, der ich bin."

Dabei lachte er von einem Ohr zum anderen und zwinkerte Annabel zu. „Gib ihm noch eine Chance, Männer sind nun eben manchmal hopatatschig!" Er verwendete dieses lustige Wort für tolpatschig extra deswegen, um sie aufzumuntern. Es gelang. „Ja, ich gebe ihm noch eine Chance. Ganz bestimmt." Innerlich war Annabel dankbar für die Unterstützung. „Gut, dann lasse ich dich wieder weiterlernen. Und danke nochmal für die Blümchen. Und, danke für den Palatschinkenteig! Ich werde mir später noch einige einverleiben."

Auf dem Weg zur U-Bahn blinkte Christians Nummer auf ihrem Handydisplay. Zum Glück sah sie es nicht. Zum Lernen stellte sie stets auf Lautlos. Selbst das Vibrieren drang nicht durch die prall gefüllte Aktentasche. Die Vorlesung hielt was sie versprochen hatte. Selig und inspiriert verließ Annabel gegen einundzwanzig Uhr die Uni.

Zeit genug, eine gute halbe Stunde später würde sie daheim sein und dann Christian von ihrem Zimmer aus anrufen. In aller Ruhe. Wieder vibrierte das Telefon in ihrer Aktentasche und wieder hörte sie es nicht. Das U-Bahn Gerumpel übertönte es.

Zuhause angekommen, streifte sie im Vorzimmer die Schuhe ab und wusch sich nebenan im Waschbecken der Gästetoilette die Hände. Anschließend trat sie leise in das Wohnzimmer und winkte den Dönzens fröhlich zu. „Gute Nacht!"

Das Ehepaar saß gemütlich mit Wein und den Zeitungen vom vergangenen Wochenende in der großzügigen Sitzgarnitur. „Gute Nacht!" riefen sie zurück. Das friedliche Miteinander tat allen gut.

Nun war es doch schon fast zehn geworden bis Annabel ihr Mobiltelefon aus der Tasche kramte. Sie legte sich bäuchlings auf ihr Bett und entsperrte das Handy.

Auf dem Display leuchteten ihr drei Anrufe in Abwesenheit entgegen. Alle drei von Christian. Sie ließ das Telefon wieder sinken, legte es auf die Kommode neben dem Bett und drehte sich auf den Rücken.

An der Zimmerdecke wollte sie die Lösung ihres Dilemmas ablesen. Ließ sie sich zu schnell die gute Laune verderben oder war er einfach ständig unzufrieden mit ihr? Das Vibrieren unterbrach ihr Starren, zögerlich nahm sie den Anruf an. Sie verbiss sich zu sagen „Ich wollte dich auch gerade anrufen" oder „Gut, dass du jetzt anrufst, ich wollte es auch gerade tun", sondern beließ es bei einem „Hallo…"

Christian fiel das gar nicht auf. „Gut, dass ich dich endlich erreiche! Sag einmal, hast du das Läuten nicht gehört? Die Vorlesung ist doch schon vorbei, oder? Ich habe mir schon Sorgen gemacht!"

Annabel erwiderte nichts. Das irritierte den erfolgsverwöhnten jungen Mann und er ging in die Offensive. „Hast du morgen mittags Zeit? Du fehlst mir!" Es klang mehr wie ein Befehl. „Christian, ich habe mittags keine Zeit, du weißt doch, dass ich davon lebe, hier auf die Kinder zu warten und mit ihnen zu essen und so weiter. Wir können uns nach fünf Uhr treffen, da sind die beiden wieder versorgt. „Oder Vormittag – zum Frühstück?" setzte er nach. „Vormittag bin ich auf der Uni, das ist doch auch nichts Neues." Annabel wunderte sich über die Deutlichkeit ihrer Worte.

„Also gut, dann eben nach fünf. Kann ich dich abholen?"

„Ja, das kannst du, da freu ich mich drauf." Das war nicht einmal gelogen, es erzeugte ein gutes Gefühl, dass er sich ein Stück Mühe machte, um sie zu sehen. Immer war er perfekt, gut organisiert und gewöhnt daran, dass alle nach seiner Pfeife tanzten. Sie würde es ihm sagen, bald schon. „Ja, ich freue mich auch. Schlaf gut!" antwortete Christian und damit war das Gespräch beendet. Seit er Annabel getroffen hatte, war er nicht mehr ganz derselbe.

Früher war er weder in Sorge um eine Frau gewesen, noch hatte es eine gewagt, sich nicht postwendend für die Blumen zu bedanken.

Es war ihm zu einer Gewohnheit geworden, nach dem zweiten oder dritten Treffen mit einer neuen Flamme Blumen zu schicken.

Das führte meistens dazu, dass sie sich endgültig verzückt ergaben und ihm einige weitere Male als Begleitung für diverse Events zur Verfügung standen.

Er war ein gutbezahlter, intelligenter und gutaussehender Jungmanager. Gerade noch verdiente er diese Bezeichnung, er war gerade dreißig geworden.

Der Job in der Bank war genau der richtige für ihn. Viele Kontakte mit Geschäftskunden, viele Einladungen, genug Kultur und genug professionelles Vergnügen. Überdies konnte er seinem Hang zur edlen Kleidung frönen, Anzug und Krawatte waren Pflicht in seiner Branche. Meist lernte er die Frauen in den schicken Lounges kennen, oder in einer Bar nach Büroschluss oder bei einem Geschäftsessen. Annabel war ihm einfach so über den Weg gelaufen. Er beanzugt von der Bank und sie in Jeans und T-Shirt. Absolut so gar nicht seine Zielgruppe.

Christian hätte sie auch gar nicht wahrgenommen, wenn sie nicht direkt vor seiner Nase mit einem Blatt Papier herumgefuchtelt hätte, das scheinbar jemand verloren hatte. „Halt, bleiben Sie stehen, Sie haben etwas verloren!"

Und zu Christian gewandt: „Jetzt gehen Sie doch bitte aus dem Weg, ich muss hier vorbei!" Daraufhin hatte sich der andere vielmals bedankt und Annabel zugelächelt, während Christian verdutzt stehen geblieben war.

Das stand ihm gar nicht gut, deswegen zog er sich mit den üblichen Worten aus der Affäre: „Na schöne Frau – warum so streng, haben Sie Zeit für einen Drink?" Kaum waren die Worte über seine Lippen gepurzelt, wunderte er sich kurz darüber. Annabel hatte ihn nur angeschaut und laut gelacht. „Drink?" „Du meinst, wir könnten uns näher kennenlernen?" Nun durfte er nicht zurückstehen. Die junge Frau mit den kräftigen, gelockten, brünetten Haaren gefiel ihm. „Ja, das könnten wir." Und da war er auch schon. Der Befehlston, der die Sehnsucht gleich mit verpackte.

So kam es, dass die beiden in einem Cafe landeten. Annabel bestellte ihre heiße Schokolade und Christian Grünen Tee. Das alles, nachdem sie sein „Prosecco oder Aperol?" mit einem freundlichen Kopfschütteln vom Tisch gewischt hatte. Das war der Anfang. Annabel war ihm ein Stück zu keck, zu natürlich und zu selbstbewusst. Er eröffnete die „My fair Lady" Nummer und wollte sehen, wie weit er dieses junge Fohlen zu zähmen imstande war. Was darauf folgte, waren ein Opern- und ein Theaterbesuch, zwei klassische Konzerte und sogar eine Dichterlesung. Einige besuchte Haubenrestaurants und die Ankündigung, bald in einer Nobelherberge ein Wochenende zu verbringen.

Annabel fragte sich oft, worauf er hinauswollte. Sie fühlte die Sehnsucht seiner Seele, geliebt zu werden. Das alleine war der Grund zu bleiben.

Die vielen Dates an den schicken Orten amüsierten sie eher.

Sie trug meistens dasselbe Kleid. Eines Tages machte Christian sie darauf aufmerksam. „Ich werde mein sauer verdientes Geld nicht mit Shopping verschwenden" sagte sie ihm. Daraufhin zückte er die Kreditkarte und lud sie auf neue Kleider ein. Kurze, mit hochhackigen Schuhen dazu. Annabel lachte darüber und zog sich manchmal im Auto noch schnell um, wenn sie direkt von der Uni kam. Sie hatte sich in seine Augen verliebt, just in dem Moment als er ratlos vor ihr gestanden war. Lange vor seiner souveränen Inszenierung.

Der nächste Tag verging wie im Flug. Zuerst war Annabel viel zu spät von der Uni zurück zum Haus gekommen. Der Hauptbahnhof wurde umgebaut und die Fahrpläne waren unzuverlässig geworden. Stefan kam gerade mit dem Roller angebraust, als sie die Haustür aufsperrte. Wenig später traf Elvira ein, die Turnstunden waren wegen Krankheit der Lehrerin ausgefallen.

Frau Dönz war es am Anfang des Schuljahres leichtgefallen, ihr Kreuzchen bei „JA" zu machen. Ja, meine Tochter darf bei Entfall der Randstunden früher entlassen werden. Annabel war schließlich da.

So fanden sich die drei vor leeren Töpfen wieder. Annabel saß im Schneidersitz am Boden und Stefan kniete neben ihr und packte seine Schultasche aus. Die restliche Jause schob er sich gerade in den Schlund, als Elvira aufkreuzte. Annabel blieb sitzen. Elvira schmiss die Schultasche in eine Ecke, eilte aufs Klo und kam erst Minuten später dort wieder heraus. „Sorry, es war echt dringend" schnaufte sie und „Was essen wir heute?"

Stefan kam Annabel zuvor. „Gar nichts, Annabel ist zu spät gekommen." In seiner Stimme lag erstmalig etwas von ungeduldigem Vorwurf. Eine männliche, unangenehme Erwartung lag darinnen verborgen. Annabel spürte den Nebel aufsteigen und dachte unweigerlich an Christian.

Elvira setzte sich zu den beiden auf den Teppich. „Das haben wir jetzt davon, da bist du extra da, um uns zu füttern und dann das!" Sie schaute Annabel dabei direkt in die Augen. Zum Glück war das so, denn aus Elviras Augen kamen viele kleine blitzende gute Sternchen. Sie purzelten nur so heraus. Annabel verzog ihren Mund zu einem leichten Lächeln.

Das löste den Damm. Elvira fing an laut zu lachen und sich auf die Schenkel zu schlagen. „Annabel, endlich. Was bin ich jetzt froh, dass du auch nicht perfekt bist!" prustete Elvira los. „Annabel, irrt sich schnell! Wohahaha!" Elvira konnte gar nicht mehr aufhören.

Das steckte Stefan an und schließlich lagen sie zu dritt auf dem Boden, hielten sich die Bäuche und ließen einen Reim nach dem anderen los.

„Elvira, die Post ist da!" „Stefan, hohler Zahn!" „Annabel, Karussell!"

Das ging einige Minuten lang so. Schließlich klang das Lachkonzert ab und die drei setzten sich auf. „Ich mache heute das Essen!" verkündete Elvira. „Es gibt Schwarzbrottoast mit Eierspeis, meine Damen und Herren decken Sie den Tisch und zwar zack!" Wieder prusteten sie los. Elvira ließ es sich nicht nehmen, alles alleine zu machen. Annabel durfte die Säfte machen und Stefan den Tisch decken. Wenig später saßen sie gemütlich beisammen und schmatzten ihre Brote. Annabel hatte sogar eines mit Zwiebel bekommen, weil sie die so liebte.

Die Aufgaben der Kinder gingen leichter von der Hand als üblicherweise. Bevor Elvira zu ihrer Freundin abzischte, wollte Annabel noch etwas loswerden. Als sie mit dem Mädchen im Vorzimmer stand, um sie zu verabschieden, legte sie ihr die Hand an den linken Oberarm. „Elvira, ich dank dir von Herzen!"

Elvira, die beinahe schon so groß war wie Annabel kräuselte ihre Nase und lächelte verschmitzt. „Annabel, wir danken dir" schob sie dann heraus. Und zwar genau in dem Ton, in dem ihr Vater das immer zu Annabel sagte. Die Augen der beiden begegneten einander und verbündeten sich still.

Das Mädchen brauste mit ihrem Rad davon. Von drinnen rief Stefan nach Annabel, jetzt wieder freundlich und absichtslos. Um vier Uhr kam Frau Dönz nach Hause und fand die beiden einträchtig spielend in Stefans Zimmer vor.

Kurz vor fünf stand Annabel in einem neuen, selbst gekauften Kleid, hübsch geschminkt und mit den Schuhen, die Christian so gern hatte, im Vorzimmer. Auf der kleinen dunkelbraunen Ablage lag die Zeitung von gestern. Auf der aufgeschlagenen Seite blitzte ihr ein Zeitungsausschnitt entgegen. „SuN – Selbst und NEU - werden Sie der Mensch, der Sie sind!" Herr Dönz hatte die Zeitung unabsichtlich liegen gelassen, jetzt schien sie wie eine gute Freundin, die Annabel bei ihrer Mission unterstützte. Deswegen riss sie den Abschnitt heraus und verstaute ihn in der kleinen Handtasche. Dann trat sie vor die Tür, sie würde Christian vor dem Haus erwarten. Er kam stets pünktlich, gut gekleidet, wohlriechend und frisch rasiert. Als Annabel in sein gewaschenes und innen gereinigtes Auto stieg, fiel ihr das alles heute fast unangenehm auf.

Kurz zuvor im Büro von Christian hatte ein Kantinengespräch seiner Assistentinnen mit einem seiner Kollegen stattgefunden. „Also der Berghammer, ich weiß nicht so recht. Hat der schon jemals einen Fehler gemacht?" „Nun, ich weiß von keinem Fehler, er ist einfach gut." „Ja, das ist schon wirklich ein

Phänomen." „Ein bisserl blass ist er schon, immer nur die Arbeit." „Nein so ist das auch wieder nicht, ich glaube, er hat sogar eine Freundin jetzt." „Ja, eine hübsche noch dazu, ich habe die beiden letztens in einem Lokal sitzen sehen, ihr wisst schon, so eines, wo unsereiner nur vorbei geht." „Jedenfalls ist er wohl unser bester Mann hier, trotz seiner Jugend. Also meine Damen, echt keine Schwächen der Berghammer?"

Christians Assistentinnen waren loyal. Doch das hätte es gar nicht gebraucht. Der Jungmanager erledigte seine Aufgaben vorbildhaft.

Schon früh in seiner Kindheit bei den Wiener Sängerknaben zu Disziplin und Performance erzogen. Später dann in der Eliteklasse des Gymnasiums mit Aussichten für Studien in Amerika. Dann auch noch die Wahl der Universität in Stanford. Zu dieser Zeit wurden Familien noch kaum Ermäßigungen beim Schulgeld gewährt.

Christians Eltern erwarteten von ihm das Beste. Dafür investierten sie in ihn. Und als sie dann bei einem Autounfall beide tragisch ums Leben kamen, blieb von ihnen ein Fonds, durch den sie Christian lebenslanges begleitendes Lernen ermöglichten. So war er gewidmet. Zu einer Zeit als er in Amerika war und noch nicht feststand, ob er neben seinen, später wohl hochbezahlten, Jobs noch die Zeit für die eigene Weiterbildung erübrigen würde. Also haben Sie diese Bedingung daran geknüpft. Der Treuhänder durfte Geld frei geben, wenn es eine Bildungsveranstaltung war. Von persönlicher Weiterentwicklung stand da nichts. Von therapeutischer Inanspruchnahme auch nicht.

All das hätte Christian nach dem Tod seiner Eltern gebraucht. Er gönnte es sich nicht. Er rief nicht um Hilfe. Er montierte eine schusssichere Scheibe rund um sein Herz und lebte einfach weiter. Besser er arbeitete und existierte weiter. Bis er Annabel traf. Es war wie wenn ein klitzekleiner Kieselstein, ein funkelnd weißer, einen Sprung in die Scheibe machte. Mit jedem Treffen wurde der Sprung länger und gefährlicher. Wahrscheinlich musste er sich wieder von Annabel trennen. Nach dem gestrigen

Vorfall mit den Blumen wuchs dieser Entschluss ihn ihm. Sie verhielt sich nicht diszipliniert genug, entsprach nicht seinen Erwartungen einer idealen Freundin.

Einer, die nahe genug kam, um als eine solche zu gelten und die doch weit genug weg blieb, um nicht in sein Herz zu schauen. Er würde es Annabel heute sagen. Der erfolgreiche Geschäftsabschluss, den die Firma heute Mittag durch ihn erringen konnte, war Argument genug. Sein Leben war perfekt, er brauchte nichts, was ihn verunsicherte. Als er vor dem Haus der Familie Dönz anhielt - er konnte mit der flapsigen Bezeichnung „die Dönzens" nicht umgehen - stand Annabel schon im Vorgarten. Sie öffnete die Beifahrertür noch ehe er aus dem Auto springen und sie für sie öffnen hätte können.

Ihre bestrumpften Beine fädelten sich verführerisch auf dem Beifahrersitz ein. Sie lächelte ihn an. Er beugte sich zu ihr und küsste sie auf die Wange. „Gut siehst du aus." Es klang wie das Lob des Fotografen für sein Model. „Wir fahren zum Italiener" kam zuerst und dann erst „Wie geht es dir?". Annabel hatte sich fest vorgenommen, nicht im Auto mit Christian über seinen Perfektionsdrang zu sprechen. Sie zog sich in ein unverbindliches „Gut, alles gut, lass uns einmal in Ruhe ankommen", zurück und drehte den CD Player unmerklich lauter.

Christian bemerkte diesen Handgriff mit einem Seitenblick. Es stimmte, diese Frau mischte sich zu stark in sein Leben ein.

Annabel quittierte diesen Blick damit, dass sie laut mitzusingen begann. Ausgelassen schlug sie ihre Beine übereinander und legte ihre linke Hand um seinen Hals. „Prosecco, gell, heute trinken wir Prosecco, ich glaube, es gibt etwas zu feiern!"

Die Wärme ihrer Hand an seinem Nacken fühlte sich wunderbar an. Am liebsten hätte er seinen Kopf zurückgelegt und sich dem Gefühl ergeben.

Doch sofort reagierte die Schaltzentrale in seinem Gehirn und erinnerte ihn an die Scheibenreparatur. Die Worte, die daraufhin aus seinem Mund kamen, ließen die Stimmung einfrieren. Er drückte die Pausetaste.

„Annabel, benimm dich bitte deinem Alter gemäß. Es gibt überhaupt einiges, über das ich heute mit dir sprechen möchte."
Da war er wieder, der Nebel.
Doch heute war alles anders. Das Gespräch mit dem Blumenboten und die vielen Anrufe Christians gehörten in die Vergangenheit. Heute ereignete sich das Zuspätkommen, das gemeinsame Lachen mit den Kindern, die Freundschaft mit Elvira. Heute waren die Scheinwerfer und Nebelhörner an. Annabel würde Christian etwas sagen. Nachdem sie den ersten Prosecco wohlerzogen hinter sich gebracht hatten, bat Annabel Christian seine Hände auf den Tisch zu legen.
Sie tat das so, wie die höchste Chance bestand, dass er es auch tun würde. In einem Ton, der sachlich und klug war. So als ob es für ein wichtiges Experiment jetzt vonnöten wäre.
Da lagen sie jetzt, die beiden Hände, die ebenso einem Pianisten oder Herzchirurgen gehören hätten können. Annabel umschloss sie mit ihren Händen. Klein und kindlich fast wirkte das. „Christian, weißt du was." Jetzt klang ihre Stimme wie die einer Mutter, die ihrem Kind die Welt erklärt. „Christian, wir können so nicht zusammenbleiben."
Er zuckte zusammen und war im Begriff, seine Hände wegzuziehen.
Wiewohl er mit diesem Vorsatz hergekommen war, konnte er es nicht akzeptieren, dass Annabel jetzt damit anfing. Doch sie hielt seine Hände fest und sprach weiter. „Heute ist mir ganz klar geworden, was mit dir nicht stimmt. Mit dir und mit mir. Wenn du tatsächlich der bist, den du mir zeigst, seit ich dich kenne, dann bitte lass uns getrennte Wege gehen." Annabel musste Atem holen. Das war der Teil der Rede, der das größte Risiko barg. Sie fühlte sich Christian ganz nahe und hoffte, er verstand sie zumindest im Ansatz.
„Du bist ein wunderbarer Mann. Doch ich kann ihn einfach nicht erkennen. Oder halt, sagen wir, ich kann ihn nur ganz selten spüren."
Christian schwieg. Seine Hände verkrampften sich, doch Annabel ließ nicht los und ein Stück seiner Seele unterstütze sie in ihrem

Unterfangen. Zu sagen, dass seine Perfektion ihn seine Lebendigkeit kostete. Zu bitten, dass er sein Leben retten möge. Zu glauben, dass sie eine echte Chance hätten. Der Zeitungsausschnitt fand sich am nächsten Morgen in Christians Hosentasche wieder. Er war zerknittert und ein wenig zerrissen. Wie hatte Annabel gesagt: „Mit deinen Falten und Narben, da kann ich dich spüren." Er würde darüber nachdenken.
Versprochen hatte er es sicherheitshalber nicht.

Nach dem Lesen all der Teilnehmer lehnte sich Greg in seinem großen Schreibtischsessel zurück. Rudolf von Walterskirchen würde ihn einmal mehr herausfordern und die anderen Teilnehmer schienen auch goldrichtig zu sein.

An diesem Abend wollte er sich ausgiebig entspannen. Selten genug fasste er diesen Entschluss. Heute war es soweit. Sein Körper signalisierte Alarmstufe rot. Greg du bist auch ein Mann aus Fleisch und Blut. Seine Intuition führte ihn hinaus aus dem schicken Bürogebäude in die Straßen der Stadt. Greg suchte nicht, er fand. Nach einigen Schritten bog er in eine kleine Seitengasse ab, wie magisch zogen in seine Beine in ein italienisches Restaurant. An einem der Tische saß sie schon. Er brauchte nur noch Platz zu nehmen. Für alle, die diese Szene absichtlich oder zufällig beobachteten schien es das Rendezvous eines Liebespaares zu sein. Nur die junge Frau wusste, dass sie den gutaussehenden Mann, der sich wie selbstverständlich an ihren Tisch setzte, nie zuvor gesehen hatte. Greg tat das wortlos. Er zog den Stuhl vis a vis der Frau unter dem Tisch hervor und nahm Platz. Erst dann blickte er ihr in die Augen. „Guten Abend, schön, Sie hier zu sehen. Es ist wohl ein besonderer Moment, " und „Mein Name ist Greg Lundarski, ich möchte sie einladen."

Magdalena, so hieß die junge Frau, verschlug es fast die Sprache. Der Mann war ebenso unverschämt wie charmant. So parierte sie mit einem „Mein Name ist Magdalena Haberfellner, Sie dürfen mich einladen." Kaum war das gesagt, biss sie sich auf die Lippen. Was hatte sie da eben geritten? Sie war für drei Tage für ein Seminar in der Stadt und wollte ihre Ruhe haben. Die anderen Seminarteilnehmer hatte sie erfolgreich abgeschüttelt und jetzt das. Greg lächelte. Es war dieses Lächeln, das Herzen öffnete. Nicht dieses siegessichere dämliche männliche Grinsen, das Magdalena verabscheute. Er bestellte zwei Getränke, ohne Magdalena zu fragen, ob sie ihrem Geschmack entsprachen. Der Kellner brachte zwei breite Gläser mit einer hellgelben, milchigen Flüssigkeit an den Tisch.

Greg drückte Magdalena das Glas in die Hand. „Lena, ich werde Lena sagen, prost Lena!" Sie prostete ihm zu und nahm einen

Schluck. „Anis, ich würde Anis sagen", kam schmunzelnd über ihre Lippen. „Du sagst Greg und ich bestelle etwas zu essen." Bei diesen Worten lief es Magdalena kalt über den Rücken. Greg beeindruckte sie nicht nur durch die Eindeutigkeit seiner Worte. Der Tisch war schmal und sie konnte sein Rasierwasser riechen. Der Tisch war klein und ihre Beine berührten sich unweigerlich. Greg genoss den Duft dieser Frau und streckte seine wohlbetuchten Beine absichtlich in ihre Richtung. Nicht nur seine Beine, wohlgemerkt, doch langsam sollte es gehen und herrlich mochte es werden. Ab und an streifte er die Strümpfe von Lena, sie war genau die richtige Frau für diesen Abend und sie wusste es. Genau so sagte er es auch. Kurz nach den Linguini diavoli mit Rucola. Dabei schaute er ihr direkt in die Augen. Magdalena bemerkte die feuchte Hitze zwischen ihren Schenkeln. Es war sinnlos zu leugnen, auch wenn sie nicht in ihren Kopf bekam, was hier geschah. Was sie nicht wusste, war, dass es nicht Magie war, die sich ereignete, sondern dass Greg in ihr Herz und ihre Seele sehen konnte.

Für ihn war ihre Sehnsucht sichtbar. Sie teilte sie mit ihm. Dieser Umstand ließ Greg selbst den herrlichen Zauber der Liebe spüren, dem er sich nicht ganz und gar entziehen konnte. Wie weise und unwirklich er auch durch diese Welt wandelte. Sie waren beim Sorbetto di Limone angekommen. Eisig kalt glitt die glitzernde weiße Flüssigkeit ihre Gaumen hinunter. Beide waren in einem Lebensalter, in dem es nicht mehr notwendig war, in Rätseln über den Verlauf der Nacht zu sprechen, dennoch fielen keine Worte in diese Richtung.

Greg erzählte von seiner letzten Reise und verwendete gezielt Adjektive wie feucht, heiß, zauberhaft, atemlos, eng oder anregend. Lena parierte mit der Schilderung des laufenden Seminares. Sie nahm sich der Substantive an. Hunger, Hotelzimmer, Hitze, Aufregung, Entspannung und einige weitere bahnten sich ihren Weg. Die Beine der beiden blieben in Kontakt, manchmal rieben sie zart aneinander und der Augenkontakt vertiefte sich jeweils bis in die tiefsten Gänge ihrer Seelen. Lenas

Schoß pochte, das Herz pumpte Blut in ihre weiblichsten Organe und drängte auf Vereinigung.

Gregs Trieb war längst erwacht, er wollte diese Frau nicht erlegen, sondern mit ihr Leben schaffen. Einander umschlingend, ringend, stöhnend und stoßend den Tanz begehen, der Lebensenergie frei setzt. Die Rechnung beglich Greg ganz selbstverständlich. Geld bedeutete für ihn vorwiegend gute Dinge damit zum tun. Lena hatte ihr Hotel und die Zimmernummer parat. Schweigend verließen sie das Lokal, engumschlungen trafen sie in der Hotelhalle ein.

Greg flüsterte Lena ins Ohr: „Ich komme nach. Gleich."

Er entließ sie aus seinen Armen und steuerte auf die Herrentoilette zu. Die Kondome in der Tasche stieg er kurz darauf in den Lift. Lena betrat ihr Zimmer wie unter leichter Narkose. Der Prosecco und dieser herrliche Mann. Ein echter Glücksfall. Diese Nacht war ein Fest und sie sollte es auch bleiben. Langsam zog sie die schwarzen Lackschuhe aus und streifte die Strümpfe ab. Die Zimmertür stand einen Spalt weit offen und ihre Fußsohlen kribbelten, als sie barfuß ins Bad ging, um noch einen schnellen Blick in den Spiegel zu werfen.

Sie hörte das Schließen der Tür, den Schlüssel, der sich im Schloss drehte und Gregs Schritte. Was jetzt kam, war intim und heilig. Es brauchte keine Worte, nur die Regie des Himmels. Er füllte die beiden Seelen mit Liebe, ließ ihre Körper und Geister einander nehmen und ihre Herzen sich öffnen.

Das Geburtstagskind
Dr. Irene Schmidt

Die runde Postkarte mit der Geburtstagseinladung hob sich wohltuend von der Geschäftspost ab. Originellerweise zierte eine Marke die Karte, auf der das Geburtstagskind zu sehen war. Und dem Jubiläum zollte die Form Tribut. An die hundert Menschen fanden die Einladung in ihren Briefkästen. Viele freuten sich darüber. Manche waren schlicht verwundert. Wenige warfen sie einfach weg. Thomas Martinelli war in einem Arbeiterbezirk aufgewachsen. Seine Lausbubenfreunde waren Kinder, die mehr Zeit im Hof beim Fußballspielen statt in der Schule verbrachten. Einige konnten sich noch erinnern an den Buben mit der hellen Haut und den frisch gestärkten T-Shirts. Damals oft Grund für Verwunderung, doch eben bemerkenswert. Als er dann auch noch ins Gymnasium statt in die Hauptschule wechselte, einte sie selbst das gemeinsame Spiel nicht mehr.

Willi, sein bester Freund von damals, erschrak beim Anblick der Postkarte. Thomas war ein erfolgreicher Künstler geworden, der ihm eines Tages aus dem Fernsehen entgegengelacht hatte. An diesem Abend war er aus Willis Leben verbannt worden. Der Unterschied schmerzte zu sehr. Deswegen sagte Willi der netten Dame, die den Einladungen von Thomas nachtelefonierte, kurz und bündig ab. „Schade, irgendwie" ging es ihm noch durch den Kopf. Vielleicht würde er unauffällig vorbeischauen. Klarerweise feierte Thomas an einem repräsentativen, öffentlichen Platz. Dort würden auch andere Schaulustige sein, unter die er sich mischen könnte.

Andrea Martinelli schmunzelte, als sie die Postkarte auf ihrem Schreibtisch entdeckte. „Der Thomas, meine Güte, wie lang ist das schon…". Am Weg zur Espressomaschine tanzten die Erinnerungen vor ihr her. Sie stellte die zierliche Tasse auf einem der Bistrotische ab, zündete sich eine Zigarette an und öffnete das Fenster. Ein Lächeln ging über ihr Gesicht. Weit in der Ferne lagen die Bilder, die am blauen Himmel auftauchten. Sie war eine aufstrebende Jungmanagerin gewesen, damals. Die Firma, bei der sie die erste Ferialpraxis während ihres Studiums absolviert hatte, warb sie einfach ab. Das einzige, was ihr blieb, waren die Abende im Kleinen Cafe gegenüber der Universität. Dort war es auch, wo sie Thomas zum ersten Mal begegnete. Sie waren glücklich und beschlossen, ein Leben lang zusammenzubleiben. Sie wollten die ganze Welt bereisen und fingen gleich damit an.

Welch ein Segen, dass sie bei einer Fluglinie arbeitete und er über ein minimales Einkommen als Fitnesstrainer verfügte. „Ja, ich komme gerne!" und „Ja, gerne nehme ich auch noch jemanden mit!" bestätigte sie der Dame am Telefon. Sie lebten in getrennten Leben, waren in Freundschaft geschieden worden. Der Grund dafür war zu entwaffnend und eindeutig gewesen, um Ärger oder Zorn zu fühlen. Vielmehr war da die Dankbarkeit für diese herrliche Zeit. Deswegen behielt sie auch seinen Namen.

So berichtete die liebevolle Telefonistin von einigen Zu- und Absagen. Thomas lauschte ihr gespannt. Was war aus all denen geworden, derer er sich zu diesem Geburtstag so deutlich erinnerte…Irgendwann stutzte er und unterbrach sie: „Dagmar, lassen Sie es gut sein. Berichten Sie mir nicht. Besser ist wohl, ich lasse mich überraschen und hoffe das Beste!" Sie tat, wie ihr geheißen und setzte ihre Anrufe fort. So landete sie auch noch bei Kurt, dem langjährigen Förderer von Thomas, der ihn gerne in seiner Unternehmensberatung gesehen hätte. Das Jurastudium absolvierte Thomas mehr oder weniger nebenbei. Immer ein Stück in Loyalität für Kurt, der ihn in väterlicher Weise durch die schlimmsten Jahre im Gymnasium gebracht hatte.

Als Nachhilfelehrer für Latein und sonst noch was. Kurt erfreute sich an der bunten Postkarte unter all den ausgedruckten Emails. Er bediente sich nach wie vor einer Sekretärin und konnte die Manager vor ihren Laptops nicht ausstehen. Seine Gedanken würden nicht frei fliegen können, sobald er sich vor eine elektronische Kiste setzte. Und Punkt. „Gut, dass Sie die Postkarte gleich zu mir gebracht haben!" lobte er seine rechte Hand, die meist ganz von selbst zwischen Zu- und Absagen unterschied und ihm die Termine einfach eintrug. In dem Leder gebundenen Timer klarerweise.

Er griff zum Telefon und rief Thomas persönlich an. Bedauerlicherweise landete er auf der Mailbox. Wieder eines der technischen Mittel, die er nicht in Anspruch nahm. Deswegen versah er die Postkarte doch noch mit einem „Ja, mit meiner Frau" und legte sie der Sekretärin in ihre „dringend" Ablage. Am nächsten Tag war alles unter Dach und Fach. Dagmar freute sich. Seit ihrer gemeinsamen Studienzeit besuchte sie die Ausstellungen von Thomas und eines Tages hatte er sie gebeten, für ihn zu arbeiten.

Damals als er langsam erfolgreich wurde und seine Frau nicht mehr als seine Organisatorin zur Verfügung stand. Er wollte eine zuverlässige, sachkundige und hübsche Assistentin. Und – das war das wesentlichste Kriterium - eine, die sich nicht in ihn verliebte. Das war bei Dagmar aufgrund ihrer langjährigen Freundschaft ausgeschlossen.

Noch dazu, war sie war mit einem erfolgreichen Bankmanager verheiratet, der es genoss, eine Künstlerin zur Frau zu haben. Die beiden waren auch eingeladen, Dagmar hatte ihr neues duftiges Sommerkleid mit der bezaubernden Stola schon in einer Auslage entdeckt.

Franz würde auch kommen. Das war der beste Freund aus dem Gymnasium. Er würde die gesamte Basketballmannschaft zusammentrommeln. Franz war auch der erste, der nach einem Geschenk fragte. Ein erdiger Typ eben. Zu einem Geburtstagsfest gehört ein Geschenk. Gut, das Thomas Dagmar mit allem versorgt wusste. Er wollte Bildungsaktien für eine Gruppe junger Künstler ausgeben und ihnen so eine Lehrveranstaltung bei einem seiner großen Lehrer in den Vereinigten Staaten organisieren. Besser gesagt, durch Dagmar organisieren lassen. Er selbst war kein besonders guter Organisator. Meist überholten ihn seine Ambitionen und er wurde schnell müde, sich um die Details zu kümmern.

Seit einigen Jahren lebte er nicht mehr nur für sondern auch von seinem Talent. Seine Bilder verkauften sich in alle Herren Länder, die Zahlen auf seinem Konto blieben schwarz. Das war nicht immer so gewesen.

Aus diesem Grund war auch Herbert eingeladen. Herbert Mühlhofer, der junge Schalterbeamte war derjenige, bei dem Thomas sein erstes Gehaltskonto eröffnet hatte. Beinahe gleichaltrig standen sie einander gegenüber. Der Herr Mühlhofer, der wusste wo es finanziell langging und der Herr Martinelli, der sich fragte, wie lange er diese fixe Anstellung als Fitnesstrainer noch ausüben würde können, die seine einzige stete Einnahmequelle darstellte. Da war das Doppelstudium, das eine, Jus, erlaubt und nach Kräften von seinen Eltern unterstützt. Sie verdienten selbst nicht viel und konnten nur bedingt helfen. Das andere Studium, Kunst, wie eine geheime Geliebte, die Zeit und Geld verschlingt.

Da war Andrea, die er von Herzen lieb hatte und mit der er in jeder freien Minute die Welt entdecken wollte. Jeder andere Berater hätte ihm wohl damals kopfschüttelnd die Türe gewiesen. Anders Herbert, er setzte Vertrauen in Thomas und gewährte ihm einen fixen Überziehungsrahmen. Als Gehaltsbestätigung nahm er die des Monats mit den meisten Stunden im Fitnesscenter.

Sein Chef vertraute Herbert, er zeichnete die Akte „Martinelli" zügig ab. Nach dem Lesen der Postkarte blickte Herbert auf. Er hatte feuchte Augen bekommen. „Der Thomas, ging es ihm durch den Kopf." War ja doch noch etwas aus ihm geworden. Er erinnerte sich an jenen Tag, als er Thomas nicht mehr weiterhelfen und ihm keinen neuerlichen Kredit gewähren konnte. Kurz danach war das erste Bild von Thomas in eine internationale Ausstellung gekommen. Seine geschiedene Frau hatte ihm wohl etwas geborgt und Herbert fühlte sich nicht besonders gut dabei. Doch was geschah?

Mit den ersten verdienten Euros marschierte Thomas wieder in die kleine Filiale im Arbeiterbezirk und zwar direkt hinein in das Büro des Filialleiters. „Herbert, es geht wieder, bleibst du bitte mein Berater?" Dabei schaute Thomas so komisch drein. Auch die Umarmung fühlte sich unsicher und zweifelnd an. Das wischte Herbert damals wie auch heute mit einer Handbewegung weg. „Ja, gerne komme ich zu diesem Fest. Meine Familie ist auch eingeladen? Na dann, Obacht, wir kommen zu fünft!"

Bei einem der Telefonanschlüsse blieb Dagmar lange erfolglos. Es war eine Festnetznummer mit Anrufbeantworter. Doch bereits drei Nachrichten blieben ungehört. Der Name fand sich auch nicht im Telefonbuch, es war keine Mobilnummer ausfindig zu machen. Auf Rückfrage meinte Thomas nur, dass er diesen Freund nach seiner Scheidung verloren habe. Seither sei der Kontakt abgerissen. Und außerdem lebte der Freund aus Polen unter eingedeutschtem Namen. Das half Dagmar auch nicht weiter. Sie ordnete den Namen den unauffindbaren Kontakten zu. Deswegen dauerte es auch um Sekundenbruchteile länger, als sich derjenige zwei Tage vor dem Fest doch noch auf die Nachrichten hin meldete. „Ja, er würde kommen, er mit seiner Frau. Und was denn das Geschenk sein sollte. Und wo das Fest überhaupt genau war." Es lag so viel Zweifelndes in seiner Zusage, dass Dagmar nicht umhin konnte, ein Fragezeichen hinter seinen Namen zu setzen. Von den Unauffindbaren zu den Fraglichen. Ein zweifelhafter Aufstieg.

Ebenfalls bei den Fraglichen landete Irene Berger, von ihr gab es nur eine alte Festnetznummer. Ihre Mutter hatte Dagmar mit einem „Die Irene ist jetzt was Besseres, damals war sie ihm wohl nicht gut genug,
er hat ja unbedingt diese Andrea heiraten müssen. Ich weiß nicht, ob sie zu seinem Fest kommen wird wollen" abgespeist. Irene Berger, die mittlerweile nicht nur promoviert, sondern auch unglücklich geheiratet hatte, überlegte nicht lange. Sie würde nicht zusagen und dennoch hingehen, sehen, wie weit Thomas wohl gekommen war. Der Mann, dem sie sich dereinst so offenherzig angeboten hatte und der sie mit einem schlichten: „Geh bitte, Irene", abwies.

Jetzt war es also soweit. Das Festzelt mit großen Standbildern und Grünpflanzen geschmückt, das Personal des feinen Restaurants gestellt, die Riesengeburtstagstorte in Form eines Seesternes geliefert. Thomas war ein Freund des Meeres, der Seestern ein Symbol dafür. Das Buffet bestand aus leichter italienischer Kost, die Prosecci und Campari warteten genauso wie Bier, Wein und Alkoholfreies auf die Gäste. Thomas und Martin stiegen aus dem

Auto und freuten sich an dem Anblick. Hand in Hand schlenderten sie zum Empfang. Ihre Beziehung war echt und öffentlich. Manchmal scherzten sie darüber, dass sie wohl nicht heiraten würden, weil Martin Martinelli nun doch ein wenig seltsam klang. Meistens fühlten sie sich einander einfach tief verbunden. Die Jazzband stimmte eine Nummer an, langsam trudelten die ersten Gäste ein. Der Sommerabend legte sich lau über die Stadt.

Die Laudatoren würdigten Thomas und sein Leben unterhaltsam und liebevoll. Die beiden Männer fühlten sich wohl in ihrer Haut. So an die hundert Menschen feierten, lachten und redeten. Willi hatte es nicht übers Herz gebracht zu kommen. Dafür war da jemand anders, der es sich unauffällig an einem der hinteren Tische gemütlich machte. Sie war eine Frau mittleren Alters, teuer, jedoch schlicht gekleidet, weder besonders hübsch noch hässlich. Scheinbar gebildet und erfolgreich. Thomas und Martin im Blick behaltend begann sie zu reden: "Jaja, der Tom. So hatte ich ihn immer genannt. Ist eben schon lange her. Ich konnte einfach nicht damit umgeben, was er im Bett von mir wollte." Wie beiläufig kamen die Worte aus ihrem Mund. Wie klug war die Saat für die Neugierde der anderen gestreut. Mit wenigen vagen Informationen speiste sie die Anwesenden ab und hinterließ eine Spur des Misstrauens auf dem Weg zu ihrer nächsten Bühne. Sechzehn Augenpaare blickten bereits kritischer auf das Geburtstagskind als zuvor.

Am nächsten Tisch saß Herbert, der Bankbeamte. „Der Herr Martinelli, ach was bin ich froh, dass ich ihn bei seinen Anlagegeschäften beraten darf!", hauchte sie. Lauter klang anschließend ihr Lachen, als sie zum gesamten Tisch von Herbert Mülhofer sagte: „Er ist schon ein schlauer Fuchs, der Thomas, die Dummen speist er mit Wenig ab und für die großen Geschäfte wendet er sich an uns Profis! Apropos, ich werde mich umschauen, ob es hier auch echten Champagner gibt!"

Dieser Auftritt trübte weiteren Augenpaaren den Blick, die Herzen rebellierten zwar, doch die Zweifel waren gesät.

Ausgestattet mit einem Glas Prosecco ließ sich die Frau nunmehr am Tisch von Kurt, dem Unternehmensberater nieder. „Prosecco, statt Champagner! Das passt zu Thomas, finden Sie nicht auch?" Bevor Kurt noch etwas entgegnen konnte, wandte sich der folgende Wortschwall seiner Frau zu, gerade laut genug, dass Kurt ihn hören konnte. „Wissen Sie was? Der Thomas hat ja immer schon, also auch damals auf der Uni, alles nur durch Betrügereien bewerkstelligt. Was glauben Sie denn, wer ihm die Diplomarbeit geschrieben hat. Pah, es ist wirklich eine Schande, dass der sich so groß zu feiern getraut!" Kurt und seine Frau sahen sich verständnislos an, während die Unruhestifterin scheinbar entsetzt aufstand und von dannen stampfte. Direkt auf den Tisch der Basketballer zu, denen Sie im Ansatz ein Schauermärchen über Thomas Gewaltbereitschaft gegenüber Ausländern auftischte. Die Spieler glaubten ihr zwar nicht, doch die Worte hingen im Raum. Martin konnte die Frau im Augenwinkel sehen und wunderte sich.

Keine der Beschreibungen von Thomas passte auf sie. Nun, wer weiß, vielleicht eine Ehefrau oder so…

Er wandte sich wieder den Jazzrhythmen zu. Das verbesserte seine Gemütslage sofort. Leider gelang das nicht allen Anwesenden, schleichend kam eine gedrückte Stimmung auf. Um die Athmosphäre zu entspannen, die er sich zwar nicht erklären konnte und sie dennoch umso deutlicher spürte, griff Thomas zum Mikro und setzte zu seiner Dankesrede an.

Derweil hatte die Frau am Tisch von Martin Platz genommen. Martin Hofstätter war ein begüterter Industrieller. Vor einigen Jahren, ungefähr gleichzeitig mit Thomas offenbarte er seine Homosexualität, was seine Geschäftspartner kurz irritierte. Doch bald schon überwand seine Echtheit die Barrieren und jetzt liefen die Geschäfte so gut wie nie zuvor.

Während Thomas noch die Mikrofonlautstärke probte, flüsterte sie Martin zu: „Herr Hofstätter, ich hoffe, Sie wissen mit wem Sie es zu tun haben. Ich kenne Thomas seit seiner Jugend, er ist …".

Martin drehte sich zu ihr um und blickte ihr direkt ins Gesicht. Seine stahlblauen Augen drückten aus, was er kurz darauf sagte:

„Verschwinden Sie hier, sofort!" Die Frau zuckte zusammen, drehte sich in Richtung der Menge und stieß ein „Was seid ihr doch alle für Nullen, auf diese Inszenierung hereinzufallen!" hervor. Schnellen Schrittes verließ sie das Zelt. Einige Blicke folgten ihr.

Andrea Martinelli stand auf und nahm die Position neben Thomas ein. Martin richtete sich zu seiner vollen Größe auf und gesellte sich zu den beiden. Die Musiker spielten einen Tusch. Die Gäste standen auf und erhoben ihre Gläser. Erleichtert stimmten sie alle gemeinsam ein lautes „Happy Birthday" an, das die letzten Schreckgespenster dieses Auftritts verscheuchen sollte.

Doch das was die flüchtige frühere Bekannte Frau Dr. Irene Schmidt Missgünstiges über Thomas gesagt hatte, um ihr eigenes Unglück aufzubessern würde Stunden, wenn nicht gar Tage brauchen, um sich zu zerstreuen.

Zuviel und Zuwenig
Bea Wallner

„Im Namen des Vaters, des Sohnes und des Heiligen Geistes. Amen."

Die Frau beschloss, die Kirche schnell zu verlassen. Gleich durch den Nebeneingang, der ihr als Pfarrgemeinderätin offen stand. Während der Messe und stärker werdend bis zum Ende hin hatte sich bei ihr eine drückende Übelkeit eingeschlichen. Flink lief sie zu den Toiletten. Gerade rechtzeitig bevor sich ein Schwall Unverdautes in das Waschbecken ergoss.

Die Becken strahlten in neuem frischem Weiß, das Pfarrheim war erst kürzlich renoviert worden. Zum Glück funktionierte der Wasserfluss und spülte das Heurigenbuffet vom Vorabend liebevoll in Richtung Kanalisation. Bea lehnte sich erschöpft an den Waschtisch. Sie stützte sich mit ihren Händen so fest auf, dass die Knöchel weiß hervortraten. Nichtsdestotrotz wurden ihre Knie weich und sie sank langsam zu Boden. Wenn jetzt nur bloß niemand hereinkam. Blass und zittrig rappelte sie sich langsam wieder auf und schaute in den großen Spiegel.

Dort, wo ihre dunkelbraunen Augen waren, zeigten sich tiefschwarze Löcher. Ihre Wangen wirkten eingefallen und ihr Gesicht alt. Langsam kam ihre Kraft zurück. Bea wagte es, sich nun wieder auf die Stabilität ihrer Beine zu verlassen und wusch sich mit beiden Händen das Gesicht.

Der zweite Blick in den Spiegel bestätigte es, irgendetwas stimmte mit ihr nicht. Die letzten Wochen waren wohl zu viel gewesen für sie.

Hinter ihr öffnete sich die Tür. Eine der Frauen, die ihr überstürztes Verlassen der Kirche mit Argwohn beobachtet hatte stellte sich neben sie. „Na, geht es dir nicht gut?" In ihrer Stimme lagen Hochmut und Impertinenz.

Bea richtete sich auf und setzte ein gekünsteltes Strahlen auf.

„Natürlich geht es mir gut. Mir geht es immer gut." Ihre Gesichtszüge erstarrten zur Grinsemaske und ihre Hände ballten sich zu Fäusten. „Wahrscheinlich der Virus, der jetzt umgeht. Ich bin schon wieder in Ordnung." Ohne die andere eines weiteren Blickes zu würdigen, verließ sie den Waschraum. An der frischen Luft angekommen, atmete Bea tief durch. Diese Welt wurde ihr zu klein. Die Welt, die sie sich mit großer Mühe selbst gezimmert hatte. Die Messe endete gerade, Menschen strömten auf den Vorhof. Die meisten grüßten sie, manche nickten oder winkten, die wenigsten nahmen keine Notiz von ihr.

Einer der Männer kam direkt auf sie zu. „Bea, du hast jetzt drinnen gefehlt. Wolltest du nicht noch etwas zu unserer Familienstunde sagen? Ich meine, du kannst doch nicht einfach abhauen." Seine Worte trugen einen Tadel in sich, der Bea innerlich zusammenzucken ließ.
„Ja, ich wollte noch etwas sagen, das stimmt. Doch mir ist eingefallen, dass uns noch wichtige Details fehlen. Wir brauchen noch ein Treffen, bevor wir das laut in der Messe verkünden. Verstehst du?"
Ihre Augen blitzten dabei.
Jetzt war auch Beas Mann aus der Kirche gekommen. Er stellte sich hinter sie. Das machte für ihr Gegenüber einen großen Unterschied.
„Gut, gut, dann eben bis zu unserem nächsten Treffen. Schönen Sonntag noch!" sagte er und ging. Bea ärgerte sich über diesen Angriff und ihre Unpässlichkeit. Sie fühlte sich nicht wohl in dem Gewusel der vielen Leute und wollte weg. Doch wohin? Nach Hause? Dort wo die Verlogenheit weiterging?
Dort, wo sie ihrer Familie vorspielen musste, dass sie das sonntägliche Zusammensein genoss, die Schilderungen der Kinder interessant fand und nach dem aufwändigen Mittagessen auch noch den frisch duftenden Kuchen aus dem Rohr ziehen sollte. Nein dorthin wollte sie heute ganz bestimmt nicht. Der Appetit war ihr vergangen.
Jahrelang war sie die treusorgende Ehefrau und Mutter gewesen. Immer in dem Verständnis, ihrem Mann dankbar sein zu müssen. Dafür, dass er sie zur Frau genommen hatte. Er , der er doch so ein Erfolgreicher und Wohlverdienender war.

Moment, der kleine freche Teufel auf ihrer Schulter stupste sie.

Es musste ein Teufel sein, das war im katholischen Elternhaus stets klar betont worden. Engel würden niemals rebellisch argumentieren.

Wie auch immer – sie wurde von ihm erneut darauf hingewiesen, dass sie für die Opferrolle nicht geboren war.

Damals war sie aus der Haushaltsschule gekommen. Er hatte sozusagen schon am Ausgang auf sie gewartet. Ihr Kennenlernen war einer Praktikumsstelle zu verdanken. Er arbeitete dort schon auf der ersten Stufe des Hotelmanagements, stets auf dem Ausguck nach hübschen Praktikantinnen.

Bea war nicht so besonders hübsch zu der Zeit, sie wunderte sich sehr über das Interesse des smarten Jungmanagers. Wie hätte sie auch wissen können, dass die katholischen Eltern desselben ihm mit der Enterbung gedroht hatten, wenn er sich nicht endlich eine ordentliche Frau suchte.

Eine, der sie später auch das Erbe übergeben würden können. Eine, die fleißig genug war und willens, viele Kinder zu gebären. Also eher eine, die froh sein musste, wenn sie ihn bekam. Bea war anfangs nur verwundert. Sie glaubte an einen Spaß, den er sich mit ihr erlaubte. Deswegen begann sie auch, sich mit Burschen ihres Alters zu verabreden, Alkohol zu trinken und ab und an eine Zigarette zu rauchen.

Sie forderte ihn richtiggehend heraus. Immer im Gedanken, sie stellte ihn auf die Probe. Nicht ahnend, dass ihm nichts mehr anderes übrigblieb, zu viel Zeit hatte er schon mit anderen verstreichen lassen.

So umgarnte er sie weiterhin, schmeichelte ihr und lud sie zu sich nach Hause ein. Nicht in die Zweizimmerwohnung, sondern zu seinen Eltern.

Das war das erste Mal, dass der kleine Teufel auf ihrer Schulter sich meldete. „Gib acht!" flüsterte er.

Ihre Eltern wiederum brachen in Begeisterung aus, dass solch ein erfolgreicher, kultivierter junger Mann vielleicht bald schon um die Hand ihrer Tochter bitten würde. Wieder war Bea sich nicht ganz sicher.

Das bemerkte einer ihrer alten Schulfreunde. Er mochte sie und stellte seine Schulter, seinen Wein und seine Wohnung zur Verfügung. Er verstand und tröstete sie. Der Sex mit ihm war herrlich unbeschwert.

Am nächsten Morgen rappelte sie sich auf. Sie verabschiedeten sich als die alten Freunde und alles war gut.

Als Bea zu ihrem Mofa kam, das vor dem Haus parkte, stand da schon das Auto des anderen. Er stieg aus und lächelte. „Jetzt hast du dich hoffentlich ausgetobt, meine Liebe. Jetzt bin ich dran. Schluss, Aus."

Mit diesen Worten nahm er sie um eine Spur zu fest an ihrem Arm.

Er öffnete die Beifahrertüre und bedeutete Bea einzusteigen.

Plötzlich fühlte sie sich so klein und schuldig wie noch nie zuvor in ihrem Leben. Er nützte das weidlich aus. Brachte sie nach Hause und lud sie für den Abend in ein schickes Restaurant ein. Er bereitete ihr eine weintrunkene, wunderbare Liebesnacht und holte sich das definitive Eheversprechen. Er war ein guter Mann und dass sie das nie vergessen möge. Viele Jahre und drei Kinder später stand sie jetzt mit ihm am Pfarrhof.

Die Übelkeit stieg wieder in ihr auf. „Du, mir ist schlecht…" mehr konnte sie nicht sagen, bevor sie wieder auf die Toilette rannte. Gerade noch rechtzeitig erreichte sie das Waschbecken. Ihr Mann war draußen stehengeblieben und rief ein „Ist alles in Ordnung mit dir?" durch die Tür. Bea gewöhnte sich langsam an ihr bleiches Spiegelbild und antwortete mit schwacher Stimme. „Ja, es geht schon wieder."

Kurz darauf trat sie wieder ins Freie. „Ich glaube, ich habe einen Virus erwischt oder sowas. Ich möchte nur ins Bett.".

Wann immer sie sonst davon sprach, früher ins Bett zu gehen oder länger liegenbleiben zu wollen, bekam ihr Mann diesen lüsternen Blick und es rann ihm sprichwörtlich das Wasser im Mund zusammen. Das, was anfangs abenteuerlich für sie gewesen war, wurde mit den Jahren aufdringlich und unangenehm.

Jetzt schien er zu akzeptieren. Der Geruch, den Bea aus der Toilette mit nach draußen gebracht hatte, machte es scheinbar möglich. „Du solltest vorher duschen." drang es an ihre Ohren. Sie wollte es nicht hören und stieg wortlos in den großen SUV (Sports Utility Vehicle). Das war anstrengend genug. Zuhause angekommen ging sie schnurstracks ins Bett und verschloss die Tür. Er würde das schon machen mit den Kindern. Sie waren längst groß genug, der nächste Gasthof würde schon etwas zu essen haben.

Bei diesem Gedanken lächelte sie leicht, dann schlief sie ein. Als sie Stunden später aufwachte, dämmerte es bereits. Im Haus war es seltsam still. Bea streckte sich ausgiebig und gähnte. Anschließend schlurfte sie unter die Dusche. Lange ließ sie das warme Wasser über ihren Körper laufen. Als sie den Hebel des Wasserhahnes wieder auf „AUS" drehte, fasste sie einen Entschluss. Ihr Leben würde ab heute anders werden. Sie wusste auch schon, wie.

In der Frauengruppe der Pfarre lagen immer wieder Prospekte von Weiterbildungsinstituten auf. Bei diesen kirchennahen Papieren fing sie an. Sie meldete sich für ein Frauenseminar am Bauernhof. Danach für ein Aufstellungswochenende im Waldviertel.

Ihren Mann stellte sie vor vollendete Tatsachen. Die Seminarbeiträge nahm sie von ihrem Ersparten und die Kinder freuten sich schon auf die Wochenende nur mit dem Papa.

Über ein Jahr lang fuhr sie einmal im Monat weg. Jedes Mal kehrte sie mit einer Seminarbestätigung zurück.

Bea erfuhr das holotrophe Atmen, das Familienaufstellen mehrfach, die Kinesiologie, die Touch for Health Methode, Meditationen und schamanische Tänze. Sie trommelte und sang Mantras. Sie betete und blieb still. Sie wollte die Ausbildung machen, das alles selbst anleiten zu dürfen und schrieb sich für die nächsten drei Jahre ein. Ohne viel darüber zu reden.

Daheim lief an diesen Wochenenden alles wie geschmiert. Ihr Mann hatte längst seine Eltern mit eingespannt.

Die drei verharrten in einer Art Lähmung, was Beas Entwicklung betraf.

Sie hofften wohl, es würde vorbeigehen. So wie eine Krankheit.

Als die Bestätigung zur Anmeldung für die Ausbildung zur Familienpädagogin offen am Wohnzimmertisch liegen geblieben war, platzte die Blase. Ihr Mann wollte mehr wissen. Bea war mittlerweile innerlich weit entfernt von ihm. Sie kochte das Essen, sie wusch die Wäsche, sie engagierte eine Bedienerin und zwei Nachhilfelehrer für die Kinder.

In den Nächten zwang sie sich zur körperlichen Liebe, denn ihre Gedanken und Gefühle waren auf dem Weg in eine neue Zukunft. Die Sehnsucht und die Unruhe waren in den Seminaren nur noch größer geworden. Dennoch fühlte sich Bea gut. Sie empfand sich um Lichtjahre voraus und glaubte den Seminargurus, dass sie zu den Berufenen gehörte und diese Unruhe sie an ihr Ziel bringen würde. Sie durchschaute die Geschäftemacherei und den Markt nicht.

Die Nachbarn staunten über die neue Dynamik, die Bea antrieb. Wunderten sich über die neue Art, wie sie sich kleidete.

Im Pfarrgemeinderat trat sie nach wie vor brav mit ihrem Mann auf.

Um seine Stärke zu beweisen, war er es schließlich auch, der ebendort ein Paarseminar vorschlug. Er war einer dieser Männer, die immer auch an das Wohl anderer dachten, sagten sie wieder über ihn. Langsam glaubte er das selbst, das machte sein Herzklopfen ruhiger. Die beiden lebten mittlerweile in zwei verschiedenen Welten. Das Aufeinandertreffen nur zu zweit vermieden sie. Die Sexualität verwehrte sie ihm jetzt ab und an. Seine letzte Bastion war gefallen. Handeln wurde notwendig.

Nach dem Paarseminar war alles klar. Sie hatten gelernt, liebevoll und wertschätzend miteinander umzugehen. Die Unterschiede zu achten und das Gemeinsame zu stärken. In der Information, der Kommunikation und der gemeinsamen Transformation hin zu einem seligeren Leben.

Bea würde die Ausbildung machen und danach selbständig als Beraterin arbeiten. Sie würde einen Frauenkreis gründen und anderen helfen, die noch nicht soweit waren, wie sie selbst. Ohne sein Wissen war es ein Kreis für Frauen und Männer, Bea war immer noch hungrig. Ihr Mann behielt seinen Stammtisch und die

Sportwochen, er kandidierte für ein politisches Amt im Dorf und fand darin Bestätigung und Erfolg.

Ohne ihr Wissen stellte er eine neue zauberhafte Assistentin ein. Alles lief wie am Schnürchen. Die Kinder waren zufrieden und das Ansehen hoch. Ein wenig unwirklich vielleicht. Bis zu dem Tage, als der magische, große Mann in den Frauen und Männerkreis kam.

Er fiel Bea gleich beim Hereinkommen auf. Den ganzen Abend lang sagte er kein Wort. Sie spürte seine Blicke und ihr Körper stellte seine Signale auf grün.

Nachdem die anderen gegangen waren, saß er immer noch dort. Sie nahm sich einen Stuhl und rückte näher. Ihr bestes Lächeln setzte sie auf und die Stimme kickste ein wenig: „Was kann ich für dich tun, Rudolf?"

Sein Name klang aus ihrem Mund wie der eines Schoßhündchens.

Er seufzte, leider war diese Frau nicht die Beute, die er sich zum Nachtisch ausgesucht hätte. Sie missdeutete das Seufzen. „Kann ich dir helfen?" setzte sie nach. Er erhob sich von dem wackeligen Sessel und legte ihr die Hände auf die Schultern. Seine Augen trafen die ihren und er sagte leise: „Bea, du musst dir helfen. Es ist noch nicht zu spät. Belüge dich nicht selbst. Das ist zum Kotzen! Das überlebst du nicht mehr lange." Schon wandte er sich zum Gehen, als er noch einen Folder aus seiner Tasche zog. Er drückte ihn in ihre Hand und ging, noch bevor sie etwas erwidern konnte. S u N – stand auf dem Folder. Selbst und Neu.

Unter uns
Bernhard Rausch

Das Lächeln auf dem Foto wirkte freundlich und professionell. Die Körperhaltung ließ auf einen Medienprofi schließen.

Jedes Mail endete mit diesem Bild. So, dass die Leser gleich spürten, er war der richtige Mann für sie.

Derjenige, der ihre Sitzungen moderieren, ihre Führungskräfte trainieren oder ihre Geschäftsideen reparieren konnte.

Eine langjährige Sportlerkarriere hinter sich und nunmehr im besten Mannesalter. Weiße, strahlende Zähne, die er selten bleckte. Die Mundwinkel nach oben und nicht einmal gekünstelt. Das aktuelle Foto ließ auch ein Stück Gelassenheit erkennen. Nur wenige seiner Freunde wussten um die Müdigkeit und Erschöpfung, die diesen Gesichtszug möglich gemacht hatte. Nicht körperlich. Nach wie vor hielt er seinen Körper fit und das beflügelte normalerweise auch seinen Geist. Doch seine Seele, die hatte er irgendwo unterwegs in einem Winkelchen vergessen. Ganz unabsichtlich. Es war ihm auch gar nicht aufgefallen. Einige Wochen lang.

Er war von einem Seminar zum anderen gereist. Seine Auftraggeber waren Banken, Versicherungen, Non Profit Organisationen und Vereine. Ihnen allen konnte er mit Leichtigkeit beibringen, wie sie besser auftraten, konkreter formulierten, treffsicherer verhandelten.

Oder auch wie sie ihr Leben in guter Work-Life Balance leben konnten oder gar neue Karrieren starten. Ein blendender Trainer, ein gutaussehender Mann, ein herzlicher Mensch. So einen buchte man gern und empfahl ihn weiter.

Selbst wenn er nicht mehr so strahlend und authentisch unterwegs war, hielten die Empfehlungen an. Deswegen dauerte es auch, bis Bernhard etwas bemerkte. Zu sicher und selbstbewusst badete er in seinem Erfolg.

Die ersten Veränderungen fielen ihm im hauseigenen Büro auf.

Die immergrüne Zimmerpflanze ließ plötzlich ihre Blätter hängen. Bernhard tastete nach der Erde. Sie war ausreichend feucht. Daran konnte es also nicht liegen. Genauer untersuchte er die Clivia nach Schädlingen. Auch nichts.

Er stellte den großen Topf in die Nähe des Fensters. Dabei fiel sein Blick hinaus in den Garten. Das kurz geschnittene Gras wirkte seltsam grau. Bernhard wandte sich wieder ab. Er war überarbeitet und müde. Auch wenn er das gegenüber seiner Familie nicht zugeben würde.

Heute war zum Glück noch niemand zu Hause. Die Kinder waren in der Ganztagsschule gut aufgehoben und seine Frau verwirklichte sich in einem Job, in dem sie stets überfordert war. Das bedeutete oft Überstunden. Dafür allerdings auch gutes Geld am Monatsende.

Bernhard seufzte. In all den Jahren liefen sie nebeneinander her. Und das auf Hochtouren in Richtung Erfolg. Keiner von beiden gab auf oder wagte, es anzusprechen. Damals beim Kennenlernen hatten sie kurz inne gehalten und sich ihre Herzen anvertraut.

Zwei Kinder und ein großes Einfamilienhaus später hielt sie ein unsichtbares Band zusammen. Das musste reichen. Genauer hinschauen wollten sie jetzt gerade nicht. Das jetzt gerade zog sich allerdings nun schon über eine lange Zeit. Bernhard seufzte abermals. Er zog das italienische Sakko aus und hängte es über den Besucherstuhl in seinem Büro. Die Krawatte und das Hemd folgten.

Er streckte seinen Oberkörper und breitete die Arme aus. Wenige Atemzüge später fühlte er sich bereits besser. Als er kurz darauf in der Laufkleidung durch die Gartentüre ging, liefen die Beschwichtigungsmechanismen seines Verstandes bereits reibungslos.

„Alles ist gut – lauf – Bernhard – lauf!"

An diesem Tag schien es ihm mehr, als würde er „gelaufen". Eine innere Antriebskraft jagte ihn durch den nahegelegenen Wald. Ohne Verschnaufpause und ohne auf die umliegende Natur zu achten.

Die Bäume und Sträucher, die Vögel und Tannenzapfen, Bernhard nahm sie nicht wahr. Er spürte nur sich selbst, seinen

Schweiß, seinen Atem und jede Faser seines Körpers, der nicht still halten konnte und ihn weiter und weiter trieb.

Der Weg war ihm bekannt und führte in wieder zurück zum Garten. Verwundert blieb er vor dem grünlackierten Tor stehen. „Was schon wieder da?" Bernhard blickte auf seine neue Pulsar-Uhr. Tatsächlich, er war über eine Stunde lang unterwegs gewesen und doch schien es ihm, als wäre er gerade eben losgelaufen.

Die metallene Schnalle fühlte sich kalt an und er brauchte mehr Kraft als üblich, um sie niederzudrücken. Seine Hände fühlten sich bamstig an. Ein Blick darauf bestätigte das. Der Ehering drückte und der Ringfinger quoll förmlich aus ihm hervor.

Bernhard wurde übel. Er wankte durch den großen Garten. So sicher ihn seine Beine eben noch getragen hatten, so zitterig und schwach führten sie ihn nun. Auf halbem Weg ging Bernhard in die Knie. Zum Glück war Sommer, das Gras weich und duftend, die Luft warm.

Er bemerkte das nicht. Fühlte die Kälte des Bodens und roch den Dampf der nahegelegenen Gastwirtschaft. Aufstehen konnte er nicht, so blieb er sitzen und rang nach Luft. Eine ganze Zeitlang ging das so. Bernhard fühlte sich schwach und klein. Ein Gefühl, das ihm ebenso unbekannt wie zuwider war. Es musste wohl ein Traum sein, in dem er sich jetzt befand.

Wieder meldete sich sein Verstand. Zu einem Traum gehörten geschlossene Augen und Punkt. Zu den Tagträumern hatte Bernhard nie gezählt. Er kauerte sich zusammen und schloss die Augen.

Für einen Moment fühlte er sich still und geborgen. Dann nickte er ein.

Wie ein Embryo im Bauch der Mutter lag er mitten in seinem Designergarten. Ein klein wenig zusammengekrümmt und schutzbedürftig. Die Kinder bemerkten ihn gar nicht, als sie nach Hause kamen. Sein Auto stand gut verwahrt in der Doppelgarage, der hintere Teil des Gartens war von vorne nicht einsehbar. So gingen beide schnurstracks von der Türe auf der Straßenseite durch den Vorhof ins Haus hinein. Es war kurz nach fünf. Die Ganztagsschule machte es möglich, dass sie gleichzeitig eintrafen. Die Schultaschen blieben ungeöffnet im Vorzimmer. Alle beiden wollten die noch elternlose Zeit für besseres nützen als zu lernen.

Der Vierzehnjährige verzog sich hinter den Computer und die Zwölfjährige legte ihre LieblingsDVD ein.

Sie wunderten sich nicht, dass der Vater sie nicht erwartete. Es war schon oft vorgekommen, dass er gegen seine morgendliche Voraussage dann doch nicht da war. Das störte die beiden auch nicht weiter. Die Anwesenheit des Vaters bedeutete gleichzeitig auch erwartungsvolle Fragen nach der Schule oder Aufrufe zum Sport.

Selten kam es zu einem entspannten Miteinander. PlayStation spielte er nicht und deswegen war der vierzehnjährige damit auch in sein Zimmer verbannt. Und die DVDs der Kleinen interessierten den Mann schon gar nicht. Da musste sie schon auf ihre Mama warten. Mit der war das hin und wieder schon möglich, Spaß zu haben. Vorausgesetzt, sie verlor sich nicht selbst in einem Computerspiel oder chattete im Internet mit ihren Freundinnen.

Jedenfalls war das elternlose Heimkommen das bessere.

Nur übertroffen von der Anwesenheit der Oma. Bei der gab es nämlich auch noch ein feines Essen und danach konnten sie auch tun, was sie wollten. An den Wochenenden tauchten daher immer wieder unangenehme Szenen auf. Alle vier zusammen brauchte jede Woche aufs Neue Übung.

Der sportliche Vater, die shoppingfreudige und ausgehhungrige Mama, der introvertierte Vierzehnjährige, der seinen Papa so gerne nur für sich in Anspruch nehmen wollte und die quirlige Zwölfjährige, die sich in den Mittelpunkt katapultieren musste, um glücklich zu sein. Das alles berührte Bernhard momentan nicht. Er döste vor sich hin. Langsam brach der Abend herein. Die Hasen im Gehege brauchten ihr Futter.

Der Vierzehnjährige brauchte einen Augenblick zu lange, um durch die schmale Holztüre zu schlüpfen, der kleine freche graue Hase nützte die Chance und hoppelte in den Garten. „Columbus, komm zurück, geh bitte…..". Der Bub beschloss, zuerst die anderen zu versorgen und sich danach um den Ausreißer zu kümmern.

Den Ausreißer, der nach einem Entdecker benannt worden war. Und diesem machte er nunmehr alle Ehre. Bernhard spürte eine feuchte, kühle Nase an seiner Stirn, die in schnellem Rhythmus vibrierte. Kurz darauf kitzelte ihn das flauschige Fell von Columbus in der Nase. „Hatschi!" Bernhard nieste. Er richtete sich auf und rieb sich die Augen.

Columbus hoppelte ihm direkt auf die Oberschenkel. Der kleine Hase legte sich einfach auf ihn drauf und wartete, gestreichelt zu werden.

Der warme Körper des Tierchens ließ das Blut in Bernhards Körper wieder schneller fließen. Mit jedem Atemzug des Winzlings auf seinen Beinen kam ein Stück Lebenskraft zurück.

Er nahm den Kleinen in die Arme und strich ihm zärtlich über den Rücken. Dabei wurde Bernhard ganz wohlig ums Herz. Dieser Widerporst war noch nie still gesessen. Beim geringsten Annäherungsversuch war Columbus immer ausgebüchst. Und nun saß er zahm und friedlich auf Bernhards Arm.

„Columbus, wo bist du denn? Columbus! Verflixt nochmal komm her! Columbus? "Der Vierzehnjährige bog um die Ecke und erblickte die Beiden. Seinen Vater und Columbus. In einer für beide ungewöhnlichen Stellung. Bernhard legte den Finger an seinen Mund. „Leise" sollte das wohl bedeuten, das war für den Buben ohnehin selbstredend.   Umsichtig näherte er sich und nahm neben Papa Platz.

Bernhard legte seinen Arm um ihn. Columbus blieb beharrlich sitzen.

So streichelte Bernhard den Buben und der Bub den Hasen. Schließlich hob der Bub Columbus auf und sagte: „Komm, Papa, gehen wir rein, es wird kalt. Warst du laufen? So lange?"

Bernhard rührte die Fürsorge seines Buben. Es war ihm, als hätte er viel Zeit mit ihm versäumt. In all den erfolgreichen Seminaren, in denen er der Trainer gewesen war, der den TeilnehmerInnen sagte, wie das Leben funktionierte.

Er humpelte noch leicht und antwortete: „Du, ich habe hier über Einiges nachgedacht, schön, dass Columbus mich gefunden hat." Als er bemerkte, wie sein Sohn leicht zusammenzuckte, setzte er noch ein „und du!" hinzu, da entspannte sich der Vierzehnjährige wieder.

Sie setzten Columbus in das Hasengehege zurück und gingen Arm in Arm ins Haus zurück. Bernhard löste die Umarmung erst, als sie vor dem Badezimmer standen. „Wir könnten in die Saune gehen, magst du?" Die Kleine im Wohnzimmer fühlte sich sofort betroffen und antwortete: „Nein, danke! Ich habe gerade gestern die Haare gewaschen!" „Eh nicht du!" flötzte der Bruder zurück. Seinem Vater nickte er dankbar zu.

Sie heizten die Kabine ein und vertrieben sich die Zeit mit belanglosen Worten. Bernhard war viel zu erschöpft, um irgendwelche Anforderungen zu stellen. Das entspannte die Situation ungemein. Als sie dann nebeneinander auf der Holzbank saßen, betrachtete er seinen Sohn. Groß war er geworden! Der Körper ähnelte dem seinen, nur ein Stück makelloser war er noch. Und seine Manneskraft war auch schon ausgeprägt. Bernhard war ruhig geworden.

Er starrte einfach vor sich hin. So als ob er vergangene Jahre suchte.

„Papa, ist alles in Ordnung?" „Ich meine, du bist so still." Kaum gesagt, biss sich der Bub auf die Lippen. War er doch so dankbar für diese Atmosphäre, musste er sie jetzt analytisch kaputtmachen? Das war doch sonst die Rolle des Vaters! Doch Bernhard bemerkte das gar nicht. Er hörte nur die liebevolle Frage. Statt sie zu beantworten, legte er dem Buben die Hand auf den Oberschenkel und nickte einfach. Danach lehnten sich beide zurück und genossen die Hitze. Schön war das. Einfach nur schön.

Als sie geduscht und die Bademäntel übergeworfen hatten, kam die Frau und Mama nach Hause. Wie so oft quittierte sie das einträchtige Auftreten der beiden mit einem kecken „Na, seid ihr schon bettfertig? Und was gibt's zu essen? Immer dieser Männer!" Bei diesen Worten zwinkerte sie der Kleinen zu. Sie waren scherzhaft gemeint und wahrscheinlich auch liebevoll. Heute abend schmerzten sie und klangen schrill.

Bernhard war nicht in der Stimmung zu parieren und schon gar nicht sich zu erklären. Alle halfen zusammen, das kalte Abendessen herzurichten und später am großen Esstisch erzählten die Mädchen eifrig und die Buben beschränkten sich auf wenige Worte.

Später dann bat der Bub den Vater noch um einige mathematische Erklärungen. Sie zogen sich ins Kinderzimmer zurück, während die anderen beiden einer Fortsetzungsserie frönten.

Bald darauf ging Bernhard schlafen. Mit seiner Frau würde er später darüber reden, was ihm heute zugestoßen war. Dann, wenn er die richtigen Formulierungen dafür gefunden hatte. Konnte wohl nicht so schwer sein für den Kommunikationstrainer, oder?

Am nächsten Morgen war sie schon wieder zum Zug gelaufen. Er musste erst mittags weg und arbeitete die Post durch. Ein bunt verziertes Kuvert lag obenauf. „Der Trainer des Jahres" war in großer Schrift zu lesen. Nur zögerlich öffnete Bernhard das Kuvert, das er vor ein paar Tagen wohl noch mit Begeisterung aufgerissen hätte.

„Sehr geehrter Herr Rausch, lieber Bernhard! Wir freuen uns, Ihnen hiermit mitteilen zu können, dass Sie die Wahl zum Trainer des Jahres mit der mit Abstand besten Wertung gewonnen haben! Bitte setzen Sie sich alsbald mit der unten angeführten Koordinatorin in Verbindung um die feierliche Übergabe des Preises sowie die mediale Verbreitung zu besprechen."

Die Clivia wirkte immer noch ein wenig erschöpft. Bernhards Blick blieb an ihr hängen. Schließlich legte er den Brief zur Seite. Er würde die Koordinatorin anrufen. Irgendwann später.

Weiter unten im Stapel fand sich eine ältere Tageszeitung. Er legte sie auf den Altpapierstapel.

Ziemlich viel Papier, dachte er sich und beschloss, gleich zum Container zu gehen. Das schien ihm die sinnvollste Beschäftigung an diesem Morgen. Im Gehen las er die aufgeschlagene Seite der alten Zeitung.

„Selbst und Neu" stand da und eine Telefonnummer. Diszipliniert, seriös, konsequent und ordentlich erzogen sträubte sich sein Verstand, dieser Anzeige Bedeutung zu schenken. Seine Knie knickten ein. Nicht so stark wie gestern. Er hielt sich noch auf den Beinen.

Dennoch verstand er das Zeichen. Er überwand seine Vernunft und riss die Anzeige heraus. Fast augenblicklich richtete sich sein Körper auf.

Er würde anrufen. Gleich beim Heimkommen. Wohin ihn das auch führen mochte.

Rudolf von Walterskirchen

Beim Anblick seines Namens überkam Greg eine bei ihm selten gewordene Ambivalenz.

Sie Seminaranmeldung unterschied sich nicht von den anderen. So als ob Rudolf diesmal die ernst Absicht bekunden wollte, sich anzupassen.

Erst auf der Rückseite, ganz unten in krakeliger Schrift prangte sein *RvW* gleich einem Siegel. Das hieß so viel wie „Du kannst wieder mit mir rechnen, mein Freund, darauf kannst du dich verlassen."

Den Adelstitel hatte er sich einst von einer lieben Bekannten geliehen, die ihn nicht mehr brauchte, weil sie den Mann fürs Leben gefunden und ein großbürgerliches Dasein dem adeligen vorzog. Rudolf war selbst wohl auch von edlem Blut, doch trat er niemals unter seinem echten Namen auf.

Zulange schon lebte er sein luxuriöses Leben in der Gefahr entdeckt zu werden. Nicht nur vom Finanzamt, auch von den Menschen, die er um Geld oder Ehre gebracht hatte.

Rudolf konnte nicht anders. Sein Talent in die Seelen der Menschen zu blicken verschaffte ihm die Gesellschaft von vielen verschiedenen Leuten.

Sie badeten in seinem Verständnis und labten sich an seinem Lachen. Den meisten von ihnen schenkte er Berührungen. Er massierte Nacken, umarmte Männer wie Frauen und verführte wann immer es möglich war.

Sein dichtes schwarzes Haar, die blitzblauen Augen und die markanten Hände ließen es oft möglich sein. Für die wenigen Ausnahmen und die Männer reichte ihm auch der verbleibende brillante intellektuelle Austausch. Jedenfalls gab er viel von sich, um anschließend seine Beute ganz und gar zu verschlingen.

Er diagnostizierte ihre Lebensgeschichten und traf sie mitten ins Herz. Wo er schwarze Seelen vermutete, verbrüderte er sich, die weißen ermunterte er, auch an sich selbst zu denken.

Rudolf wurde zwangsläufig aus dem einen oder anderen Leben geschmissen, weil er einfach zu dicht dran war oder zu tief hineingeschaut hatte. Oder aber er hatte das geliehene Geld bereits ausgegeben und erwartete sich keines mehr. Dann nahm er Abschied und blieb ihnen allen doch durch seine Bilder in Erinnerung. Ja, er malte, zeichnete und bildhauerte.

Manchmal verkaufte er ein Werk, meist setze er sie ein, um für sein luxuriöses Überleben gut gerüstet zu sein.

So stehen und hängen heute in vielen Büros, Schulen und Haushalten Kunstwerke, die nur deren Besitzer als Schuldscheine oder Kunstsponsoring wieder erkennen.

Für alle anderen sind sie wunderschön und einfach genial.

Rudolf glich einer venezianischen Maske – eine helle und eine dunkle Seite trug ihn durch sein Leben.

Als Greg ihm begegnete, sah er die helle glitzern. Wie stark er von der dunklen angezogen wurde, bemerkte er erst später.

Greg glich einer toskanischen Sonne. Er strahlte in einer steten und unerbittlichen Art und Weise, seine Augen in die Ferne gerichtet. Das war es, was Rudolf sofort aufgefallen war, als er dem schlanken, großen Greg in der Bahnhofshalle des Wiener Zentralbahnhofes das erste Mal begegnete.

Greg war gerade aus Warschau gekommen. Er hatte von einem Kongress in Wien gehört, den er besuchen wollte.

Sein Weg führte ihn direkt zum Taxistand, als sich ihm plötzlich jemand in den Weg stellte.

Seither waren die beiden Männer in ihrem Auftrag auf dieser Erde verbunden.

Jedes Mal, wenn Rudolf auftauchte, galt es für Greg seine eigenen Schattenseiten anzunehmen und seine Humanität unter Beweis zu stellen, wo für ihn als Sonnenwesen ein viel zu hoher Anspruch an seine Mitmenschen üblich war.

Üblich und überfordernd.

Greg Lundarski

An jenem Abend war es wieder einmal soweit. Einmal im Monat war Greg verabredet. Diese Verabredung war wichtiger als alles andere um ihn herum. Sie musste immer zur gleichen Zeit stattfinden und an einem Ort, der ihm heilig war.

Diesen Ort konnte er wählen. Ob im antiken Lehnsessel, auf dem Liegestuhl, in der Hängematte, einer einsamen Bank oder grünen Wiese, war unwesentlich.

Das wichtige daran war Gregs Hingabe an diesen Platz. Es funktionierte nur, wenn seine Seele sich mit dem Geist der Umgebung verband. Meist nahm Greg daher den großen, weichen orientalischen Polster, den er einst aus der Türkei mitgebracht hatte. Jener lag in einer Ecke seines Wohnzimmers und wurde nur von Kerzenlicht erhellt.

Dort setzte sich Greg hin, verschlang die Beine in der Art und Weise, wie er es auf seinem Heimatplaneten gelernt hatte. Auch diese Art zu sitzen musste ein Geheimnis bleiben, wollte Greg seine Mission auf der Erde erfolgreich fortführen.

Zu viele selbsternannte Heiler und Helfer liefen herum. In der Güte, in der die Sonnenplanetarier unterstützten, war kein Platz für Scharlatane, die deren Rituale kopierten.

Punkt 21 Uhr 30 schloss Greg seine Augen und verband sich mit dem Universum. Nahm Kontakt auf zu allen anderen Sonnenplanetariern und Friedensfürsten, die auf derselben Frequenz für die gute Sache arbeiteten. Das, was sie austauschten, dauerte Stunden.

Beim Morgengrauen richtete sich Greg wieder auf und sortierte seine Glieder. Er war leicht und zentnerschwer aufgeladen zugleich. Sein Herz klopfte laut, seine Sinne waren wach und sein Körper in einen Lichtkegel gehüllt. Er legte sich sofort zu Bett. So war er den Irdischen nicht zuzumuten.

Einige Stunden Schlaf würden ihm helfen, wieder unter Menschen gehen zu können. Danach blieben die aufgeladenen Qualitäten zwar vorhanden, jedoch ließen sie Raum für menschliche Nähe zu.

Einige Tage später auf dem Weg zum Seminar stand Greg in einer dieser Schlangen zur Flugsicherheitskontrolle. Wiewohl ihm als Sonnenplanetarier das Seufzen grundsätzlich fern lag, dachte er kurz mit Wehmut daran, wogegen er sein Dasein als feinstoffliche Existenz mit diesem Auftrag getauscht hatte.

Endlich durfte er durch den Sicherheitsscanner. Das erforderte seine höchste Aufmerksamkeit in allen materiellen Teilchen zu bleiben. Dieses Scanning kitzelte und die Versuchung, sich einfach zu dematerialisieren und wie ansonsten auch auf den hellen Flügeln des Flugzeuges Rast zu machen und die Menschen nur zu beobachten, war groß.

Er musste hinein in das Flugzeug und neben ihm würde wieder ein Mensch sitzen, der seine Energie benötigte.

Das bloße Beobachten und Spenden allgemeinen Zuspruchs, den die Passagiere und die Crew als warmes Gefühl in der Herzgegend wahr nahmen war endgültig vorbei.

Greg war erwachsen geworden. Das Menschsein in allen Lebenslagen war eine der definitiven Schattenseiten.

Zumindest, was das Einchecken auf Flughäfen betraf.

Geschafft, als ganzer Mensch betrat er das Flugzeug.

Erleichtert hatte Greg auf der Bordkarte den erbetenen Gangplatz bemerkt. In der Mitte zweier Bedürftiger zu sitzen, war ihm zuwider. Seine Kraft wirkte am besten immer nur für einen Menschen. Einer nach dem anderen.

Das Seminar fiel ihm ein. Wie sollte er es dort hinbekommen, allen gleichzeitig Licht und Wärme zu spenden?

Noch dazu, wenn Rudolf von Walterskirchen auf der Teilnehmerliste stand. Der Mann der Schattenseiten.

Greg und Rudolf lebten nun schon geraumer Zeit als symbiotische Figuren auf diesem Planeten.

Immer wieder bekam Greg große Lust, den finsteren Kameraden endgültig verglühen zu lassen. Doch wo Licht, dort auch Schatten. So alt und abgedroschen das Sprichwort war, es traf auch auf den Abkömmling der Sonne zu. Wahrscheinlich musste Rudolf in diesem Seminar sitzen, damit auch Greg ein weiteres Stück näher zu sich selbst kommen konnte.

Schnell verwarf er diese hehren Gedanken wieder. Schließlich steckte er ganz in der menschlichen Hülle und wollte sich auch die eine oder andere schlechte Eigenschaft gönnen.

Die Menschen holten doch auch immer ihre Menschlichkeit für Fehler hervor, oder?

In diesem Moment sackte das Flugzeug in ein Luftloch. Der heiße Kaffee, den sich Greg gerade von der hübschen Stewardess erbeten hatte, schwappte über seine Oberschenkel.

„Verdammt noch mal…" fluchte Greg.

Jetzt war es genug, nochmals sackte die Maschine ein Stück ab. Gleich darauf meldete sich der Kapitän mit einer eindringlichen Durchsage:"Liebe Passagiere, kein Grund zur Sorge. Der Luftraum ist unruhig. Bleiben Sie angeschnallt und vertrauen Sie auf unsere Erfahrung."

Der Mann neben Greg zitterte merklich.

Kurz schloss Greg seine Augen. Ja, klar heute war eine der Plasmawolken der Sonne unterwegs, die es bis zum Magnetfeld der Erde schaffte und mit dem in Wechselwirkung ging. Ebenso wie mit dem Bewusstsein des Menschen.

Das war auch die Antwort auf Gregs innere Frage. Im Zuge solch eines Ereignisses sollte das Seminar stattfinden. Das multiplizierte seine Wirksamkeit.

Das Zittern des Passagiers zu seiner linken verstärkte sich.

Greg bat um Erlaubnis und öffnete den Kanal. Liebe, Sicherheit und Zuversicht strömten in jeder seiner Zellen und dehnten sich über seinen Körper hinaus aus. Er fokussierte seinen Sitznachbarn und stellte die Intensität auf selbststeuernd. Nicht jeder Mensch konnte jede Dosis an Licht und Hilfe aushalten. Der Selbststeuermodus ging in Resonanz mit der Zumutbarkeitsgrenze des jeweiligen Individuums. Eindeutig kommuniziert durch die Zellen, ohne ein Wort.

Langsam entspannte sich der Mann. Ebenso die restlichen Passagiere und der Luftraum. „Na siehst du" flüsterte eine Stimme in Gregs Kopf.

Gregs Körper hatte sich während dieser wenigen Minuten sichtbar aufgerichtet. Die Energie veränderte seine Haltung jedes Mal automatisch und führte dazu, dass er Dankbarkeit und Demut spürte, wo sonst manchmal Arroganz und Zynismus ihren Weg fanden. Wieder flatterte Rudolf von Walterskirchen durch seine Gedanken. Arrogant und zynisch.

Dann, wenn die Sonnenwinde die Plasmabögen ins Weltall auswerfen, wollte Greg sein Seminar abhalten.

Greg holte seinen Notizblock hervor und begann zu schreiben, in dem wieder den Kanal zur Sonne öffnete. Es ging wie von selbst. Moderne Medien brauchte er dazu nicht, die störten sogar den Fluss dieser Energie, deswegen ließ er die Finger davon. Er schrieb und staunte manchmal selbst über das, was er niederschrieb.

Menschen zeigen erstaunliche Resonanzen auf Angstfelder.

Tagtäglich werden diese Angstfelder von ihnen selbst erzeugt, durch die Gräuelnachrichten zum Beispiel und die hohe Nachfrage nach Ihnen.

Sie denken einfach nicht daran, dass sie sich dadurch ihr Unglück selbst herstellen. Denn Aufmerksamkeit erzeugt Felder. Bewusstseinsfelder und Wahrscheinlichkeitsfelder.

Wenn z.B. Warnungen vor irgendwelchen fiktiven Anschlägen eifrig verbreitet werden, steigt die Wahrscheinlich ihres Eintretens um ein Vielfaches.

Diese Angstfelder wirken tatsächlich auf das Befinden der Menschen ein. Deswegen gilt es den Menschen bewusst zu machen, dass sie an der Ausdehnung aktiv mitarbeiten.

Und sie zur Entscheidung für einen lebensbejahenden, aufbauenden Entwicklungsweg zu entscheiden.

Diese Plasmaströme sind hochenergetische, natürliche Vorgänge, die das Bewusstsein nicht nur „zufällig" anregen, sondern dies auch gezielt und im Sinne der Entwicklung tun.

Ja, es sind menschliche Entwicklungsprozesse, die jetzt gerade durch den Zentralstern Sonne initiiert werden.
Und es liegt definitiv an den Menschen selbst, wie sie die Initiationen der Sonne nutzen. Unbewusst nach jenen Verhaltensmustern agieren, die auf Angst ausgerichtet sind, oder sich für eine bewusste Reaktion entscheiden, dem tiefen Bewusstsein wieder näher zu kommen. Jenem, in jedem Menschen existierenden heilen Kern, dessen Kompass auf die Urkraft der Evolution ausgerichtet ist. 1)
Aus diesem Grund war Greg auch gesandt worden. Der Seminartermin stand längst fest. Intuitiv an einen solchen Tag gelegt. Manchmal spielte ihm sein Sonnenbewusstsein einen Streich. Dinge fügten sich, die er kaum bemerkte. Doch manchmal überholte er sich sprichwörtlich selbst.
Jetzt nickte er sich selbst zu und musste schmunzeln.
Die Stewardess deute sein Nicken als die Antwort auf Ihre Frage nach einem weiteren Getränk.
„Wein, oder Bier oder Wasser?"
Anscheinend fragte sie das jetzt nicht zum ersten Mal.
Dieser gutaussehende Typ kam ihr etwas unheimlich vor. Dennoch ließ sie nicht locker. „Wasser bitte, danke."
Greg sammelte seine menschlichen Bestandteile wieder zu einem ganzen Mann zusammen und lächelte sie an.
„Was machen Sie heute noch, wenn wir gelandet sind? Müssen Sie gleich wieder zurück?" Er fragte das, um sie zu ermutigen und mit einem Hauch von Interesse, wie sich sein Abend wohl gestalten würde.
Es war das Funkeln in seinen Augen, das sie neugierig machte. Deswegen antwortete sie ehrlich: „Ja, ich fliege wieder zurück. Schon in wenigen Stunden bin ich wieder daheim." Greg setzte nach: „Gut, gut wenn Sie ein Zuhause haben." Seine Stimme klang rauer als zuvor und die Worte entsprachen nicht der üblichen Flirtbereitschaft Alleinreisender.

1) Danke an Werner Johannes Neuner für die Basis zu diesen Zeilen

Die Stewardess staunte über diesen außergewöhnlichen Passagier, der im Vergleich zu allen anderen, alle Zeit der Welt zu haben schien und eine Freundlichkeit an den Tag legte, die sie ansteckte. Ganz ohne Absicht oder Berechnung schien er zu leben. Innerlich froh und doch den Kopf schüttelnd verabschiedete sie ihn.

Greg steuerte direkt auf den Ausgang zu. Er hatte es sich angewöhnt, mit wenig Gepäck zu reisen. In jeder Stadt, in beinahe jedem Ort, in die er reiste, gab es mindestens genauso viele arme Menschen wie neue Geschäfte. So ließ er zurück und kaufte neu. Das nützte wohl beiden und half ihm, nie darauf zu vergessen, dass die Erneuerung die einzige Chance blieb, sich weiterzuentwickeln.

Schnell war das Notwendige besorgt, um das Besondere würde er sich am nächsten Morgen kümmern.

Und dann noch gleich um alles andere, was er für das Seminar noch brauchte. Zum Glück hieß der Flughafen Wien. Zum Glück kannte er hier genau die richtigen Menschen, die längst die Einzelheiten organisiert hatten.

Das Hotel am Stadtrand – ein Refugium für die Teilnehmenden musste es sein. Genug Möglichkeit, sich in den Pausen zurückzuziehen.

Die Zimmer liebevoll und dennoch von Klarheit geprägt.

Das Essen aus der regionalen Küche und möglichst leicht.

Der Seminarraum groß und hell mit einer Anbindung an einen Garten. Das Personal liebevoll und herzlich.

Vienna Airport – nach langer Zeit wieder einmal. Greg spürte ein Gefühl von Heimat, eines Tages würde er genauer nachforschen, weswegen sich das ausgerechnet hier so verhielt. Heute nicht. Jetzt stand das Seminar im Mittelpunkt seines Denkens. Genauer gesagt, die Schicksale dieser Menschen, die sich in zwei Tagen durch einen Sonnensturm in einer neuen Dimension offenbaren würden. Überall dort wo kummervoll Türen verschlossen waren, werden nach dem Seminar helle gute Ausgänge zu sehen sein. Die Menschen würden Mut gefasst haben, um ihre Leben zu kämpfen. Nein, besser noch. Mut gefunden haben, ganz sie selbst zu sein oder zumindest ganz nahe davon und zu erkennen, wie

wertvoll ihr Leben war. Ungeachtet, mit wie viel Leid und Tränen
es bisher ausgestattet schien. Vielleicht sogar umso wertvoller
wegen der schweren Stunden, die ihnen die heutige Kontur
bescherten. Greg schmunzelte. Eine Option seiner Inkarnation
war es damals gewesen, dem Priesterstand zuzusprechen.
Bei solch inneren Predigten wie der soeben gedachten, war dieser
Weg längst nicht so weit entfernt, wie er ihn damals mit
einer schnellen Handbewegung abgetan hatte.

Außerdem von Gabriela Joham erschienen

GLUTAUGEN, ISBN-978-3842307285 BoD
Vier eigenständige Geschichten – Bis zum Hals, Absolut Frau,
Ich steh für dich, Am achten Tag - vereint der Titel, die sich
vielleicht unter dem Genrebegriff „Novellen" erfassen lassen,
denn sie sind mehr als Kurzgeschichten, aber weniger als
Romane. Allesamt sind sie Lebensbilder, der Wirt, der wegen
Hochwassers seine Heimat verlässt, die Frau, die nie Geliebte
werden wollte und schließlich doch ihre Lebensliebe in einem
noch verheirateten Mann findet, die Frau, die aus den
Repräsentanten-Rollen in Aufstellungen beinahe nicht mehr
hinausfindet und der junge Mann, der den Tod sprichwörtlich
sehen kann.

LEBEN und LEBEN LASSEN, ISBN- 978-1-627841-40-5
Windsor

Geschichten - Kurzurlaub, Still, Bruder Tod - und Gedichte
Abenteuerlich, spannend und immer wieder auch herausfordernd
und schwierig gestalten sich unser aller Leben. In diesem Buch
sind unterschiedliche Schwerpunkte verschiedener Leben in
anregenden Geschichten geschildert. Ergänzt werden die
Geschichten durch Lyrik, die ebenfalls in besonderen
Lebenssituationen geschrieben wurde.
Durch die Erzählweise der Autorin wird es möglich, eigene
Geschichten entstehen und eigenen Gefühlen freien Lauf zu
lassen. Lektüre für mehr Lebenskraft.

AUS HEITEREM HIMMEL, ISBN-978-3842333772 BoD
Eine erfolgreiche Scheidungsanwältin um die 45 und ein
unglücklich verliebter Student um die 26 begegnen einander.
Dadurch erfahren sie ihre Lebendigkeit und ihre Fähigkeit zu
lieben neu.
Es geht um den magischen Augenblick im Leben, der vermag
alles zu verändern. Im Inneren oder im Außen.

GEDICHTE, ISBN- 978-3842357686 BoD
Liebesgedichte – was sonst?

WEGLICHTER ISBN- 978-1-938699-56-6 Windsor

für Weihnachten und jeden anderen besonderen Moment
Jedes Jahr zu Weihnachten entsteht eine neue Geschichte.
Versöhnlich, sozialkritisch oder einfach zauberhaft. In diesem
Büchlein sind sie zusammengefasst, ergänzt durch Erzählungen
aus dem Jahreskreis und das eine oder andere Gedicht.

Im guten Buchhandel oder über das Internet zu beziehen
Alle Bücher gibt es auch als E-Books.

An BoD schätze ich die Freiheit, wertvolles Gedankengut lobbyfrei verbreiten zu können.